# GALAXY'S EDGE

银河边缘

GALAXY'S EDGE

GALAXY'S EDGE

# SECRET ROOM IN THE BLACK DOMAIN

# 银河边缘

GALAXY'S EDGE

013

# 黑域密室

主编——杨枫

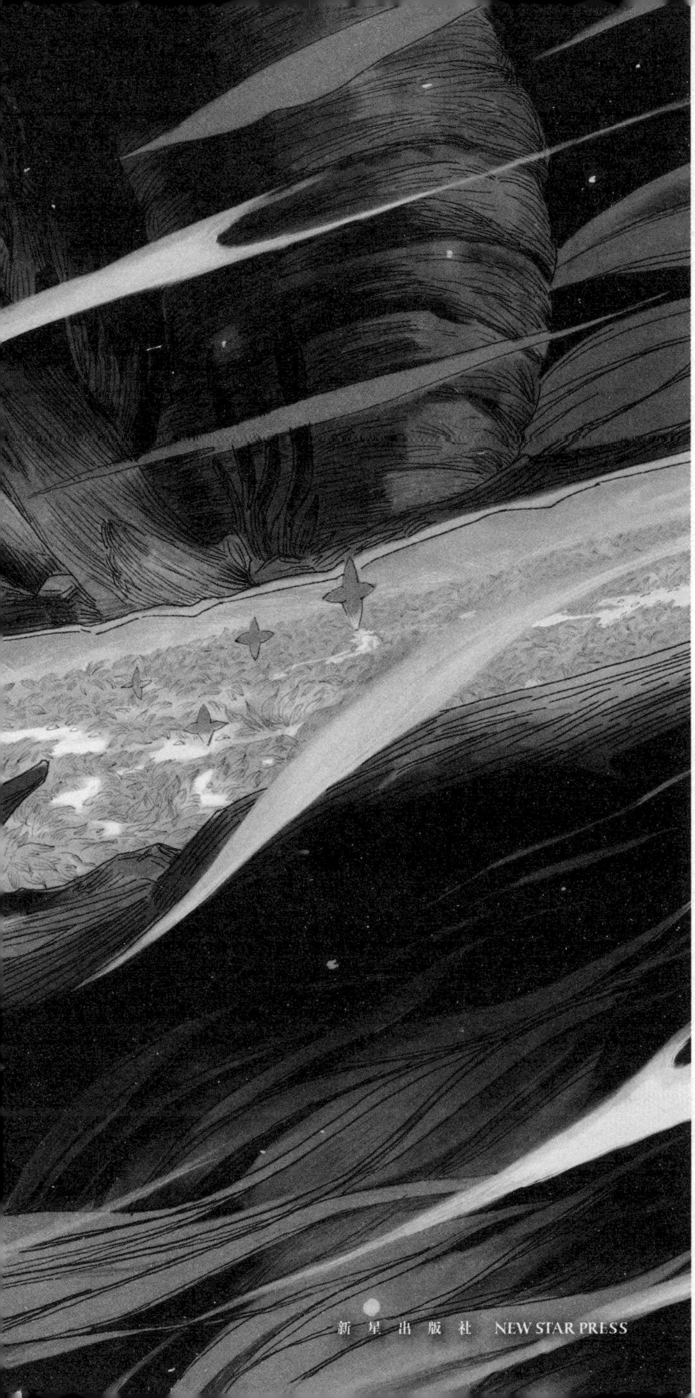

新 星 出 版 社 NEW STAR PRESS

银河边缘
- 013 -
黑域密室

主　　编：杨　枫
总 策 划：半　夏
执行主编：戴浩然
版权经理：姚　雪
海外推广：范铁伦
文学编辑：余曦赟
戴浩然　刘维佳
姚　雪　谢子初
责任编辑：施　然
监　　制：黄　艳
美术设计：冷暖儿
张广学
封图绘制：
森　北

# Contents

# 目 录

# SECRET ROOM IN THE BLACK DOMAIN

*by*

Fu Qiang

▽

# 黑域密室

付 强

付强，北京大学物理博士，中国作家协会、北京作家协会、北京科普作家会员。发表科幻作品超100万字，著有长篇科幻小说《时间深渊》《摘星》《学姐的秘密》《罪物猎手》和中篇小说集《孤独者的游戏》等，作品散见于《科幻世界》《银河边缘》等平台，曾获华语科幻星云奖、冷湖奖等多个奖项。目前致力于畅销元素与传统科幻表达的结合，写出既广受欢迎又足够硬核的科幻作品。

本文为《银河边缘》中文版专发篇目。

艾尔拘谨地坐在木桌前，干冷的风透过窗户吹进木屋，冻得他打了个冷战。如果不是网络上将这对侦探搭档的事迹传得神乎其神，他才不会跑来这么偏僻的小行星寻求帮助。艾尔做梦也没有想到，名侦探的事务所居然只是一间毫不起眼的木屋，看着房间里简陋的家具陈设，他甚至怀疑在这里能否熬得过冬天。

叫作高云的男子正在咖啡机前忙碌着，他身材壮硕，上臂和脸上挂着伤痕，似是军人出身；不过更令艾尔感到不自在的，还是圆桌对面这个名叫方慧的女性，此刻她正直勾勾地盯着自己，眼神中露出的贪婪与其端丽面容极不相符——那种热切与渴望，让艾尔一度怀疑自己并不是委托人，而是落入了狼群的肥羊。

窗外传来了隆隆声，燥热的气流掀起了窗帘。艾尔向窗外望去，公司的大型太空船已经起航，以缓慢均匀的加速度向高空飞去。他清清嗓子，开口道："我叫艾尔，如二位所见，是远洋星域拓展集团的研究员……"

对面的方慧撑着桌子站起来向前探出身子，语速飞快地问道："你在公司里什么职位？有多少主导权？更重要的是，这次委托你们有多少预算？"

高云恰逢其时地端来了咖啡，不露痕迹地在桌下悄悄踢了搭档一脚，方慧才算是恢复了些正常。她坐下干咳两声，说道："据我所知，贵司的业务遍及三十三个星域，不知来我们这穷乡僻壤有何贵干？另外……”她瞥了一眼窗外已经化作亮点的太空船，“你乘坐的太空船为FO-02A旗舰型，是你们公司石兴总裁的专属。一把手亲临现场，动静未免太大了吧？”

艾尔小小吃了一惊，面前这位女性确有侦探特有的敏锐。他摆出一副职业的笑脸，说道：“石总大半时间都在星际间飞行，寻找可以开发的行星。他曾在一年内将三十六颗行星纳入公司开发对象，这个纪录至今无人可破。”

“他来错了地方。周边四光年的区域内，是人类的真空地带。”方慧立即回应道，“并且，这颗星球的公转轨道跨越了阿尔法23和伽马31两个星域，两边政府的关系一向紧张，于是这里成了三不管地带，长年遭受宇宙海盗的侵扰。如果晚来半小时，行星将恰好跨越星域的交界处，你们说不定还能和海盗打个照面。”

艾尔露出一丝苦笑。石兴在太空中瞥了一眼就确定这里不过是穷光蛋的聚集地，毫无开发价值，于是面都没露就离开了，只将他丢在这里善后。正当他思索如何将话题继续下去时，方慧却主动拉回了正题：“闲聊到此为止吧。说说你们的委托任务是什么？”

艾尔坐正身子：“黑域……你们听说过吗？”

“我知道。”高云插话进来，然后一屁股坐到方慧旁边，答道：“一些科幻作品中写到过，用慢光速区域将行星包围，与周边隔绝，就是所谓的黑域。”

“很可惜，这是做不到的。”没等对方回应，方慧便否定了搭档的猜测，“想要降低真空中光的传播速度并不难，例如在脉冲星的周围，强磁场会使得量子真空发生极化，从而降低光速。然而这并没有改变真空光速这个常数，证据就是在脉冲星辐射的光谱中能够观测到切伦科夫辐射。”

“你说的这个辐射是什么？”高云问道。

方慧想了想，答道：“简单来讲，就是介质中有粒子的运动速度超越了电磁波，也就是光的传播速度。打个比方，飞机的速度超过音速时会发生音爆，那么切伦科夫辐射就是光爆。但有一点必须强调，粒子的运动速度虽然超过了光的传播速度，但依然低于真空光速这个物理学常数。”

“方慧小姐真是博学。”艾尔赞赏道，“实际中存在的黑域，通常是富裕的人或者家族找到了一颗自身资源足以长时间内循环的行星，然后用各种手段将其同外界隔离起来，作为世外桃源。有用实体外壳作为小型戴森球包裹的一代，缺点是造价高；也有用强磁场作为屏蔽的二代，缺点是难以抵挡小行星的撞击；我们遇到的这颗星球，则是用QGP作为外壳的三代。这种黑域技术复杂，造价极高，却最接近科幻作品中的概念。毕竟，QGP与黑洞在反德西特空间中有着形式接近的数学表述。”

方慧和高云对QGP这个概念并不陌生，它的全称是夸克-胶子等离子体，这是一种极端高能的物质状态，在此状态下组成强子的夸克和胶子不再被禁锢，而是成为“游离”的新物质形态。如果用传统的温度概念衡量，QGP的温度大约是2万亿度。

艾尔继续说道:“三代黑域很难被观测发现。我们公司的太空船在高速航行时偶尔撞了上去，因为阿库别瑞引擎的保护，在船体损坏的同时，也在QGP保护层上撕了个口子。”

“看样子QGP保护层也挡不住折叠空间的阿库别瑞引擎啊……”方慧抱着手臂叹气道。

“毕竟，所谓的防护层只有几皮米的厚度，而大型的阿库别瑞引擎可以碾碎星体。”艾尔耸耸肩，“事故发生后，飞船派遣无人机降落到了L星上——我们内部这样称呼它——却发现上面几乎没有一个活人，可所有的尸体都没有腐烂，就好像……”

“密室。”方慧立即说出了答案，“黑域在没有被突入前，是没有人类，甚至可以说没有物质、信息进入的，内部同样也无法出来。然而，L星上的人却全死了。比起科学难题，这更像是一起密室杀人事件。”

“是的。”艾尔点头道，“这就是我们找上你的原因。”

说话间，艾尔自公文包中取出一台笔记本电脑，简单敲击几下后，一张全息屏投影在所有人面前。

“L星周边的情况和这里类似，有着广袤的无人区，因此获得影像后，我们并没有回收太空船。这段来自二十多年前的影像，就是全部的线索。”艾尔解释道，“请你们先看完，之后我们再讨论。”

方慧做了个“请”的手势，全息屏上映出了无人机拍摄下的画面：

最初无人机刚刚离开船舱，镜头高速旋转着，大部分区域都是漆黑一片，QGP防护层挡住了星光。视野中唯一可见的是乒乓球大小的蓝色星球，那便是此行的目的地——L星。

无人机内部的AI程序开始运作，镜头很快锁定了L星的位置，机体开始向着目标缓慢加速。画面上的要素渐渐丰富起来，左上角显示出空间区域内的光谱图，涵盖了从无线电波到伽马射线的全波段，目前只能看到红外光与可见光的峰位，它们来自L星的辐射。左下角显示着周边环境的元素含量，不过暂时只有碳的峰位，它们来自仪器中自带的碳元素。右下角则表明温度，目前没有示数，只画着一条“—”。

“由于这里靠近QGP保护层，为防止游离的高能粒子破坏温度传感器，会离开一段距离后再开启。”艾尔指着温度那里解释道。方慧点点头，继续看了下去：

无人机的速度渐渐加快，屏幕正上方显示出“60×”的字样，代表着目前的快进速度。诚然，四周都是空无一物的深空，如果按照原来的速度播放，恐怕很容易看困。3分钟——也就是无人机时间的3小时后，画面右下角显示出了零下271.35摄氏度，旁边还用绝对温标注明了“1.8K”。

L星在视野中不断变大，此时无人机不再直线前进，而是改为绕着L星，一边旋转，一边下降。这代表着，无人机进入了L星的近地轨道。

周边的元素含量渐渐发生了变化，氧和氮的含量升了上来，二者的比例维持在1:4，同时还检测出了少量的稀有气体元素。温度在经历了短暂的上升后，慢慢维持在190K、也就是零下80摄氏度上下，这意味着，无人机已经进入了大气层的中间层。

摄像头前方蒙上了一层红色的滤镜，无人机的下部与大气摩擦产生了大量的热。渐渐地，下方出现了城市，各式各样的建筑仿佛沙盘一般错落排布。又过了两分钟——也就是影片中的两小时，无人机已经与地表十分接近了，影片也切换回了正常的播放速率。可就在这时，镜头出现了猛烈的颠簸，屏幕上弹出几行错误代码后，影像蓦地消失了……

“着陆时出了点问题，不用急，画面马上就会恢复。”艾尔解释道，“不过，最麻烦的事情也是在这时发生的。”

画面渐渐恢复。方慧盯着屏幕上显示出的各个参数，眉头紧蹙，“看样子摔得不轻，传感器坏了大半……”

“没错。”艾尔叹了口气，“元素能谱仪完全损坏，光谱仪只剩下可见光波段以下的可用，温度探测器运气不错，挺了过来。最可惜的是，声音传感器也摔坏了，从现在开始，我们将回到默片时代。”

三人继续看了下去：

调整好姿态后，无人机便开始了在L星的探索。它先降落在了城市的郊区，这里种满了林木，仔细看去，有从地球带来的乔木、杨树等品种，同样也有一些L星特有的植被，例如叶片巴掌大、前端分为七叉的高大树木，以及通体如水晶般泛着半透明淡紫色的小花。

很快地，无人机进入了城区，这里的温度在27摄氏度上下，还算适宜人类生存。建筑之间的道路很宽敞，但看不到车子和行人，空中同样也观测不到任何的飞行器。无人机晃了十几分钟后，停在了一栋高楼前。它伸出前方的机械臂去推建筑的门，毫无阻碍地打开了。

门后是一间大厅，同样没有人，正前方印着一行陌生的文字。无人机继续前进，一层空无一人，在推开二层第二个房间时，镜头中终于出现了人类——一名年轻的女性，她穿着浅绿色的连衣裙，七扭八歪地趴在地上，一旁的电脑显示器还在播放着内容不明的画面。

无人机缓缓靠近女人，尽管画面是无声的，还是可以猜出它正试图与女人对话。几次接触未见反应后，无人机又伸出两条机械臂，开始检查面前的人类。它先是扶着女人平躺过来，明显身体很僵硬，不似正常人类一般柔软。女人的面容上有一些斑点，但从五官判断，是地球人无疑。机械臂的顶端伸出电极，贴在了女性的腹部和四肢上。

“AI判定面前的是人类尸体，会在不破坏的前提下采样。”艾尔解释道，“同时，它会启动寻找其他人类的程序，一旦找到，会立即锁定死者的位置。这套逻辑，符合《星际人权公约》。”

离开女人的尸体后，无人机开始一路向上。它走遍了高楼的每一个角落，但偌大的建筑里只找到了三个人，无一例外都是尸体。尸体的状态与最初遇到的女人类似，都是刚刚僵硬，还没有发生极具画面冲击力的各种尸变。

离开建筑后，无人机来到了城市正上方，一面扫描着城市的地图，一面预测哪里找到人类的概率最高。它先是锁定一处城际列车的车站，那里只找到了一名白发老人的尸体。离开车站后，无人机又进入了一栋貌似医院的建筑，经过一番近乎地毯式的搜索后，发现了5具尸体。

这段影像是以5倍速播放的，即便如此，也花费了半个多小时。推算下来，平均每30分钟找到一具尸体。

无人机苦寻无果后，高速飞行到了另一片城区，依然没有找到一个活人。值得一提的是，无人机一度将目标锁定在一间仓库中，机械臂打不开卷门，它便发射激光切开了一个入口。激光点燃了仓库中的物料，可以看到烧黑的木材和聚合物板材，地板上散落着一些蓬松的火球，飞近看，是被点燃的钢丝绒。就在这时，一只花猫自暗处蹿了出来，敏捷地绕开了无人机，自切口处逃了出去。原来，方才AI捕捉到的信号来自它。

在无人机不断寻找的过程中，AI也在不知疲倦地进行建模、运算。不久后，后台算法结合L星的城市状况和发现的尸体密度，推算出了L星大致的人口数：300万。

很快，无人机的旅程走到了尽头。它的能量即将耗尽，急需找到备用能源。顺着内部算法的指引，它降落到一座核电站。可正当它准备深入反应堆时，机身发生了剧烈的摇晃。无人机判定受到了攻击，立即发射激光还击，可转瞬便遭受了第二次攻击。影像中的噪点渐渐多了起来，图像传感器捕捉到的最后一幅画面，是一个小男孩自暗中走出，额头淌着血水，持枪的左手已被激光削去了食指……

“这就是全部的线索了。无人机将拍摄到的影像传输给了太空船，再由太空船传输到集团公司的服务器上。”艾尔关闭了放映，“我们的问题是：L星的人是怎样死亡的？”

高云有些无奈道：“视频提供的信息很有限，又不能去到现场侦察，这恐怕有些强人所难了吧……”

“不。”方慧挽着手臂，露出自信的笑容，“能够推理出真相的线索，已经在视频中全部展示出来了。”

艾尔和高云惊讶地看着方慧，后者却只是轻松地笑笑，说道：“推理出真相并不困难，但要同时保证科学和逻辑上的严密性，却不简单。”说罢，她看了看身边的两人，“这样吧，大家一起提出一些设想来讨论。当排除掉全部的不可能项之后，最后剩下的，便是真相。”

高云陷入了沉思，少顷，说道：“根据视频中的资料显示，L星有几百万居民。尽管规模不大，也足以构成一个文明了。说起令文明灭绝的原因，最先想到的便是……战争吧。L星是一个封闭的空间，一旦爆发大规模战争，将是毁灭性的。”

“但视频中所有的建筑物乃至物品都完好无损，丝毫没有武装冲突的痕迹。”艾尔补充道，“因此，我们一开始就排除了文明毁于战争的可能。”

高云挠挠头，费力地想了一会儿后，辩驳道：“中子弹……对，用这种武器，可以在不破坏建筑的前提下，杀死居民。”

艾尔立即反驳：“中子弹爆炸的威力虽小，但再怎么说也是加了铍层的小型氢弹，无人机为什么没有找到弹坑?”

“高空爆破。”高云凭借军人的经验给出了答案，“这样就和视频中的情形契合了。”

“可尸体为什么几乎没有腐烂？总不可能是刚刚爆破结束，公司的船就突入了吧！”艾尔不满地说道。

高云双手摊开，苦笑道：“说不定就是这样，你们的运气好极了。可能性虽低，但无法排除。”

一旁观战的方慧扑哧笑了出来，通过视频破案还真是难为总是冲在一线的高云了。她说道：“很可惜，仅仅通过视频影像，就可以否定中子弹爆破的可能性。”高云摆出一副怀疑的表情，方慧则指挥艾尔将视频倒退回24分3秒处，此时无人机刚进入第一栋建筑。

“就是这里。”方慧挥手让艾尔暂停了视频，指着屏幕的一角说道，“看，这是什么？”

“女人的尸体。”高云立即答道。

“再向上看。”

高云皱着眉盯了两秒：“电脑显示器啊，看不清上面的内容。”

“确实看不清，但足够了。”方慧笑道，“屏幕上放映的是某种视频文件，这证明电脑还在正常运转。”

高云恍然大悟：“你是说……中子弹对电子设备的打击同样是毁灭性的。”

方慧点头道：“没错。L星上并没有发生过中子弹爆炸，正常运转的电子设备就是证据。”

艾尔想了想，说道：“我们还设想过另一种可能性，会不会是生物兵器？致命的病毒大肆蔓延，L星人无处可逃，被逼上了绝路。”

“对！我刚才也想说这个！”高云硬撑着想要挽回尊严。

“这也是不可能的。”方慧立即答道，“我们在视频中看到的L星人，毫无疑问是地球人的移民，既不是什么外星生物，也不是机器人。因此，他们和超级病毒或者超级细菌之间的关系，遵循地球人总结出的传播规律。简而言之，即便致死性再强的病毒，也总会有人获得免疫力。

“我们不清楚L星的具体情况，但数学模型总可以在一定程度上进行预估，例如SIR 模型，或者SEIS模型，等等。但无论使用哪种数学模型，除非将参数设置得十分极端，否则都无法推算出感染者最终灭亡的情形。

“简单理解，随着死亡人数的增加，病毒的传播难度会不断提升，最终达到无人可传染的程度。随着最后一个感染者的死亡，病毒的传播也会停止，其他人类便能幸存下来。在遥远的古代，工业革命尚未到来之际，很多病毒就是以这种方式灭绝的。”

高云忍不住质疑道:“就不能设想一些极端情况吗？毕竟我们讨论的是可能性。”

“来说说看，你能想到哪些特殊情况？”方慧笑道。

“毕竟是战争嘛，总无法排除制造出一些超级病毒……对，例如电影和游戏中的丧尸病毒。如果真的研制出这么强大的病毒，灭绝几百万人应该不在话下。”

方慧应道:“那我问你，在所有的丧尸作品中，被感染后的丧尸都会去寻找人类，这是为什么？”

“从丧尸的角度讲，这当然是为了能够寻找食物维持自身代谢。”高云跷腿望着天花板，“从病毒的角度讲……是为了能继续传播维持种族繁衍吧？”

“没错。无论是为了什么，都会有一个前提，那就是会有大量的丧尸聚集。”方慧用食指敲了敲桌子，好像老师在提示划重点一般，“在视频中，我们看到的每一具尸体都与其他尸体有了很大的空间间隔，这就从根本上否认了‘丧尸病毒’的可能性。”

“又或者……”艾尔若有所思道，“他们不小心培养出了能够大量消耗氧气的细菌，导致人类缺氧窒息而亡？毕竟无人机降落时，大部分传感器都摔坏了，我们始终无法得知L星地表附近的氧气含量。”

“很可惜，这也是不可能的。”方慧应道，“想想无人机突入工厂时的情形。”

艾尔嗯了一声，他回忆起为了进入封闭的仓库，无人机发射激光切割了卷门，并因此诱发了一场火灾。

方慧道：“还记得都有哪些物料被点燃吗？木材、PVC板材，这些自不必说，不知二位是否注意到里面还有一种物料……”

艾尔皱皱眉：“什么？”

“钢丝绒。地球人只能在特定氧气含量的大气中生存，范围大概是19.5%-23.5%；而钢丝绒燃烧所需的最低氧含量是19%。”

艾尔用力地点点头，一旁的高云却不服输地说道：“说来说去，还是没有办法排除超级病毒的可能性，只要它具有高致死率、高传播性，并且寿命很长、免疫逃逸，不就可以使L星的文明灭绝了吗？”

方慧叹气道：“这是一道简单的计算题。纵观人类历史，致命病毒的R0——也就是平均每个患者能感染的人数，在5左右，例如埃博拉是2，艾滋是4，天花这种古老的病毒则介于5和7之间。麻疹的R0高达18，但并不致命。我们就假设这种超级病毒的R0和麻疹一样，或者再高一点，算20吧。简单计算就能知道，要感染L星全部300万人，至少需要5代的传播。

“无人机在探索过程中，从发现一具尸体到发现下一具，平均时间是30分钟。要知道无人机的行进速度很快，病毒随空气的扩散速度则要慢得多。我们假设病毒完成一代的传播要3小时吧，那么5代就是15小时。注意，这是极端理想的情况下，实际情况要复杂得多，也要慢得多。简单估算的话，我们可以将理论时间乘以10，也就是150小时，6天。这么长的时间，最先死亡的尸体早就开始腐烂了，身体甚至会变成绿色或红色；而我们发现的尸体最多不过出现尸僵，死亡时间超不过3天。所以，你说的这种情况，基本可以排除。”

“我想到了！”高云击掌道，“纳米机器！如果这种超级病毒是纳米机器，就可以实现快速传播！”

“还记得无人机降落前的画面吗？”方慧摇晃着食指，“那时元素能谱仪还没有摔坏，我们能清晰地看到L星的大气成分和地球接近。如果大气中大量存在某种纳米机器，那么至少会有某种半导体的元素含量高到离谱。纳米机器再怎么厉害也是电子设备，而半导体是一切电子设备的基础。啊，麻烦帮我加一杯咖啡，突然说这么多话，嗓子有些干。”

艾尔苦笑着摇摇头，方慧继续说道：“所以正如你们一开始所说，从科学分析的角度几乎不可能找得到原因。接下来，不妨天马行空一些。”

不一会儿，高云端来了三杯拿铁，还贴心地打了奶泡。艾尔姿势优雅地用拇指和中指捏住握柄抿了一口，说道：“一板一眼的工作做久了，我的思维模式已经固化。这部分还是交给二位吧。”

高云再次坐定，说道：“如果不在意科学的严格性，那我还算擅长，毕竟我读过很多科幻小说。我先说一个可能性吧：真正大量的L星人藏在地下，毕竟无人机直到损坏为止，也没能找到探寻地下的入口。地面上的尸体，只是一批不愿意移居地底的人罢了。”

方慧抿了一口咖啡，应道：“如果我是L星人，一定不会这么干。”

“为什么?”高云皱着眉问道。

方慧答道：“迁居地下的原因，通常是地面的环境太过恶劣。而用QGP将星球包裹成为黑域本就是为了稳定的生存环境，相当于第一重‘地下’。再去挖一个地下的地下，有什么意义呢？再者，这个假设还是没能解释整个星球的人为什么几乎同一时刻死去。总不可能地底派将地上派视为叛徒，同时执行了300万人的死刑吧?”说罢，她又毫不留情地补刀道：“同理，天上人、海底人也同样不合理。”

高云倒也不坚持，沉思片刻，继续说道："第二种假设，L星人是行星杀死的。如果L星本身是一个巨大的生命系统，那么人类就是进入身体的异物。于是星球产生抗体，杀死了人类。"

方慧立即回应："果然是科幻小说常有的设定。不过星球要杀死的通常不是'人类'，而是'人类文明'。因为人类是自然进化而来，人类文明却是异化的产物。如此看来，星球最先要做的是毁掉城市，而不是杀死居民。"

"说不定……L星的抗体只能识别生物呢。"高云也不甘示弱。

"很可惜，这也是不可能的。在视频里我们看到，L星上有本土的动植物，也有来自地球的乔木、杨树，甚至还有鸟类和猫。如果地球人是异物，那么来自地球的动植物同样也是。L星没有理由只杀死人类而放过它们。"

"第三种可能性……"高云皱紧眉头思索着，"量子纠缠态！对，我们看到的L星人，是另一颗遥远星球上人类的纠缠态备份！在无人机降落前后，由于本体发生了意外，例如陨石撞击，或者星际战争死亡，在量子纠缠态的超距离作用下，备份也跟着死亡……好痛！"

高云捂住酸痛的后脑勺，原来是方慧在他兴致正浓时赏了一巴掌。后者一副气鼓鼓的样子，训斥道："告诉过你多少遍，还没搞清楚纠缠态的概念吗？对A进行观测的同时，B的状态也将确定！在此之前A和B都必须处在‘黑箱’的状态！我问你，L星曾经有300万人，到底哪里黑箱了？遇事不决量子力学没关系，但请遵循基本原理！这个假设pass！”

突然间，高云猛地一拍桌子，露出自信的笑容：“看我的最后一招，克苏鲁！哈哈，既然你说了天马行空，那我们就假设是某种不可抗的邪神，灭绝了L星人！祂可以是某种高等文明，可以是某种目前科技解释不清楚的自然灾害……怎么样，这次你总没有办法否认了吧？”

方慧露出孺子不可教也的表情：“这种机械降神的设定，只要你做得足够细致，总能解释一切。不过，即便是你的‘邪神’，也必须遵循基本的逻辑。”看搭档一副不解的样子，她继续说道：“L星人被‘邪神’灭绝，无非两种可能，主动和被动。在主动的情况下，是L星人主动招惹到了邪神，但L星处在‘黑域’里——好吧，你的邪神是如此强大，可以无视‘黑域’，但又是什么动机促使L星人即便透过‘黑域’，也要去直视邪神呢？被动情况下，我要问一个问题，视频中死的只有人，建筑物、动植物、电子设备全都完好无损，相较于它们，人类的特殊性在哪里？请在回答上述问题的前提下细化你的设定，限时三分钟，两百字以内。”

高云无力地趴在了桌子上。一直沉默观战的艾尔开言道：“到此为止吧，我想听听你的推理。”

方慧笑道：“好吧，现在让我们跳出科学家和科幻作家的视野，从侦探的角度来分析这次密室杀人事件。”她将喝空的咖啡杯捏在手中转动着，一字一句地说道，“相较于普通的密室难题，我们可以将L星的问题进一步简化，将who和how的问题暂且放一放，聚焦在when这个要素上。即，L星的人究竟是何时死的？在密室开启之前还是之后？”

“我先来说一种最极端的情况，那就是L星人并没有死。”回到自己熟悉的领域，高云再次来了精神，“既然不去想how的问题，那不妨做一些大胆的假设——例如，根本就不存在L星人。”

“那视频中我们看到的尸体是什么？”艾尔质疑道，“更何况视频最后还出现了唯一的生者，那个小男孩。”

高云呵呵笑了两声，继续说道：“我看过一个故事，一条类似于安康鱼的怪物，特地将自己的触手伪装成美女的样子，将男人诱骗到房子里，而他的血盆大口正等在那里。同样我们可以设想，L星存在的唯一的生物，就是L星本身。那些人类的尸体，不过是他诱骗猎人的‘触手’罢了。多亏了你们派遣去的是无人机，如果是人类，恐怕立即被吃干抹净了！”

“哈哈哈哈——”方慧捂着肚子大笑起来，她擦了擦眼角的泪花，“老高，你还没从想象中走出来吗？好吧，从逻辑上来讲，这也是需要排除的一种可能。我问你，安康鱼捕获猎物的目的是什么？”

高云被搞得有些难为情了，不满道：“当然是为了吃饱肚子了，不然还能是什么？”

“那就对了。L星捕获猎物的目的，只可能是质量、重元素、能量、信息——也就是负熵中的一种。但不管它想要什么，既然想要，为什么要把自己封闭起来？这根本就是自相矛盾啊！这就好像，你的安康鱼用一座钢筋混凝土将自己埋了起来，必须等到哪个猎物能把混凝土砸开，它才可以一饱口福。”

高云沉着脸不说话了。艾尔接过了话茬：“继续用排除法吧，剩下的可能性无非两种，L星人是在密室，也就是QGP保护层被突破前死的，或者之后。”

高云叹气道：“死在密室开启之前的可能性基本可以排除掉。无人机从出舱到进入近地轨道，再到降落，经历了大约5个小时。这个时间长度，与地面上尸体被发现时的状态基本是相符的。所以差不多可以判定，L星人是在密室被打破后死亡的。”

方慧笑道：“再来讨论‘L星人死于密室被打破后’这种可能性。既然说了不再去讨论how，那么我们就假设有这么个按钮，咔嗒一按，整个星球的人类立即完蛋。确实有情形是对应这种假设的，例如全部L星人的意识由统一的主机控制，那么在主机被破坏的瞬间，全人类都会跟着死亡。但很可惜，这也是不可能的。”

高云和艾尔同时看了过来，方慧继续解释道：“还记得吗？

无人机着陆时，光谱仪摔坏了大半，但可见光波段以下的部分还在工作。”

艾尔点点头：“但这又能说明什么？”

“在刚才和老高的辩论中，我否认了量子纠缠态技术作祟的可能性。那么，这个按钮传播信息的速率最快将是光速。从效率上来讲，想要覆盖这么大的空间范围，还要绕过复杂的建筑，无线电波最为合适。但自始至终，无线电波波段都没有观测到任何异样的信号。因此，这种可能性也可以排除。”

艾尔惊讶道：“方慧小姐，你从逻辑上排除了所有的可能性，但L星人的死亡确是板上钉钉的事实。这是否意味着，你也对L星人灭亡的难题束手无策呢？”

方慧笑道：“逻辑上并没有完备哦！我只是排除了‘死于密室开启前’和‘死于密室开启后’两种可能性，不是还有最后一种情况吗？”

在两人惊讶的目光中，方慧说出了答案：“那就是，L星人死于密室开启的瞬间，对，就是QGP防护层被打破的瞬间。

“我们沿用上面的假设，全部L星人的意识由一台主机统一控制。那么这台主机藏在哪里呢？我们尚不知道这台主机的样貌，但它必然具备一个特征，那就是被破坏了。可无人机飞遍了L星各处，除了死去的人类外，并没有发现任何被破坏的痕迹。但如果这样想的话，思维就被误导了。被严重破坏的存在，从一开始就摆在了我们面前，那就是QGP防护层。没错，我们要找的主机并不在密室内部，它就是密室的门。

“视频放映之初，艾尔先生解释过，L星所在星域的环境和这里类似，周边人迹罕至。既然如此，为什么要花费如此高的代价制作第三代黑域呢？我想，最合理的解释，就是黑域本身还承载了其他的功能。所以真相是：L星人将意识上传到了QGP防护层，但主机在飞船突入时被破坏了。大量意识回到躯体，但由于被破坏了大半，几乎所有人都在无人机着陆前遭遇了脑死亡。根据视频给出的信息，这就是能够推理出的最合理的解释。只不过这样一来，凶手就变成了——”

方慧伸手指向了艾尔：“远洋星域拓展集团，你们就是凶手。”

艾尔先是一愣，随后清清嗓子，说道：“十分感谢，方慧小姐。我会将你的推理整理成为报告，上交给集团董事会。最后，我们来商量一下报酬吧。”

“不要急嘛。”方慧笑道，“L星的事件结束了，但我这里还有个故事，你不妨听一听。”

艾尔抬眉道：“什么故事？”

方慧讲述道：“视频最后的男孩并没有死。随着QGP防护层的消失，所有同胞的意识都遭到了破坏，他的意识却十分幸运地完整保留了下来。这就好像硬盘被破坏，但总有数据能保存下来一样，更何况基数高达300万。又或者，在远洋集团的飞船突入防护层时，他恰好下载了意识，在处理现实世界的问题。总之，由于各种原因，他躲过了一劫。

“击毁无人机后，他通过分析里面的设备，得知它来自远洋集团。男孩无法接受几百万同胞就此逝去的事实，他决定潜入远洋集团，找寻真相。功夫不负有心人，若干年后，他成功地入职了远洋集团，还得到了老板石兴的赏识。石兴虽然同样看过录像，但此时的小男孩早已长成了大人——我们暂且叫他‘L’吧。并且，石兴大部分时间在星际间航行，亚光速航行会带来时间收缩效应，因此他对时间的感受十分混乱。总之，见到L时，石兴没有任何怀疑。

“在为石兴工作的过程中，L渐渐了解到了当年的真相：那并不是一次事故，而是石兴为了强夺行星，刻意令飞船撞上去造成的。如果不是居民的大量死亡使他心存畏惧，这颗星球恐怕早就被他卖掉了。男孩恨得咬牙切齿，他迫不及待地想要杀死石兴报仇。同时，他还必须保全自己，因为自己是最后的遗民。

“终于，L找到了策略：在阿尔法23星域和伽马31星域的交界处有一颗不起眼的行星，那里住着一对名不见经传的侦探搭档。他找到石兴，主动提起了当年的行星，提议借助侦探找到真相，如果背后没有潜在的危险要素，就可以卖个好价钱。贪婪的石兴很有兴趣，一口答应了L的提议。同时，石兴还对侦探所在的行星产生了兴趣，于是选择同往；但可惜的是，这颗星球并没有什么开发价值，他甚至没有走出太空船。

“到了这一步，L的计划已经成功了。他一面听侦探侃大山，一面等待着机会——”

“抱歉打断一下。”艾尔抬眼，平静地看着方慧，“我不理解，他在侦探那里能等到什么？”

“在L到访的当天，侦探所在的行星将跨越两个星域的边界。双方政府的关系一向不好，如果石兴死在了伽马31星域，但与此同时L身在阿尔法23星域的话，是不会受到法律审判的，因为两个星域不会去管彼此的事情，更不会去另一个星域抓人。同时，侦探所在地的周边尽是无人区，石兴的死即便被发现，也是很久之后的事情了，那时L早已全身而退。即便不幸被怀疑到，他也有充分的不在场证明，侦探搭档就是证人。为此，L一早就在太空船上做了手脚，石兴离开后不久，船上的爆炸装置就会将他化作宇宙的尘埃。”

艾尔沉默了许久，他直视着方慧的双眼，问道：“那么方慧小姐，你接下来准备怎么做呢？”

方慧的视线落在艾尔的左手上，自从高云端上咖啡，他还从未动过食指。她轻松地笑了笑，“我不说了吗？这只是一个故事。而且，我已经不想编下去了。”她将双臂枕在脑后，“故事讲完了。下面我们来谈谈价钱吧！”

# HEAVENS FALL

*by*

Lu Qiucha

▽

# 杞 忧

陆秋槎

陆秋槎，复旦大学古籍所古典文献学专业硕士毕业，著有推理小说《元年春之祭》《当且仅当雪是白的》《樱草忌》《文学少女对数学少女》，作品曾被翻译成日文、韩文、越南文。首部科幻短篇《没有颜色的绿》日文版收录于合集《献给群星的花束》，中文版收录于《银河边缘006：X生物》。

本文为《银河边缘》中文版专发篇目。

渠丘考回到杞国已经有些时日了。我却羁于种种琐事，迟迟未能一晤。

近来，我也听闻了一些有关他的传言。几个结伴造访他的卿大夫，听他说起在各国的见闻，都觉得他的话“迂诞恢诡，非君子之言”。没过多久，那些见闻也传到了我耳边。经过层层转述，内容不免支离颠倒，恐怕已经与渠丘考的原话相去甚远。但唯有一点再清楚不过了。如今的他，每日都担心着天空的崩塌和大地的坍圮，乃至茶饭不思，惶惶不可终日。

是时候去探望一下这位老朋友了——这么想着，我便派人给他捎了口信，约在四月的辛卯日拜访他的庄园。

我到访时，渠丘考正坐在院子里那棵茂密的甘棠树下。相传那是他的先祖东迁至此时种下的。枝头上花瓣已所剩无几，地上倒像是积雪一般堆了厚厚一层。又有黄鸟翔集，啼鸣不断。“菶菶萋萋，雝雝喈喈”，正是一年之中最好的光景，只可惜如今的渠丘考已无心欣赏。一想到他的忧虑，眼前的春光也顿时黯淡了。

见我到来，渠丘考命人布席设酒，我们在树下就座，聊了起来。

一路的风霜雨雪在他身上留下了难以磨灭的痕迹。那张我再熟悉不过的脸上，如今已是沟壑纵横，像被犁开的耕土一般黝黑、枯槁。原本灼人的眸子也失去了光彩，变得飘忽不定，仿佛不是在看着我，而是在望着更加邈远的地方。

我还清楚地记得，两年前出发之时，登车揽辔，他是何等踌躇满志，又曾夸下怎样的海口。那双眼睛里何曾有过迟疑或恐惧，有的不过是喷薄欲出的野心与自负。当时的豪情，如今已不见分毫。我面前的他，活像是一具蝉蜕，而我熟悉的那个渠丘考或许已经消失在旅途之中了。

当初，他是为了推行自己的兵法而离开杞国的。

就在这个院子里，渠丘考曾如饥似渴地读着从各国搜罗来的兵书与战争记录，并在沙盘上以冠带为城池、以瓦砾为车马，重现古今诸战事，推算种种可能性，花费近二十年的时间完成了兵法七篇，内容涵盖野战、攻城、守城、辎重、火攻、形势、望气，计一万八千言。

渠丘考曾将所著兵书毕恭毕敬地誊写在木简上，献与杞的国君。又上书自陈，如能采用自己的计策，三年便能从淮夷手中收复失地，不出十年就可以令诸侯宾服、成就一番霸业。结果却不见采用。这也难怪。杞国的历史虽能追溯到夏禹，现在却只是个厕身齐、鲁之间的小国罢了，一代代国君也只是得过且过、不思进取，这里本就不足以让渠丘考施展才华。对此，他倒也没怎么灰心丧气，只是说了一句“鸟则择木，可以人而不如鸟乎”，动了去别国推行兵法的念头。

想到这里我才注意到，那块陪伴了他半生的巨大沙盘也不见了踪影。

“你都见到了哪几位国君，他们对你的兵书可有兴趣？”

一番寒暄之后，我问。

“兵书？”他神情呆滞地摇了摇头，“我都烧掉了。那些东西再也派不上用场了。”

“那可是你二十年来的心血，即便不被当世的君王所采用，也足以流传后世了，又何必烧掉呢？”

“你若见到那些万乘之国的机巧，便不会这么想了。”他说，“我倒是宁愿自己没写过那一箱子兵法，更没有带着它周游各国。我就像是个乡野之人，以为晒太阳是天底下最舒服的事情，戎菽是人世间最美味的珍馐。自己以为也就罢了，还偏要去说给那些锦衣玉食的王侯听。一切都不过是自取其辱。”

说到这里，他长叹了一声，将爵中的酒一饮而尽。我不作声，只是听他继续说了下去。

“我们杞国人与外界隔绝太久了。即便是有机会出访齐、鲁的卿大夫，在意的也不过是邻国的饮食伎乐，对于军备却毫不关心，不知道自己已经落后到何等地步。我也曾以为兵家之事振古如兹，不会因为哪个巧匠发明了什么机械而有所改变。可我刚一到达齐国的都城，便发现自己错了，还错得那么彻底。

“当时正逢齐侯纠集了鲁、宋、陈、蔡等国，并力攻打卫国。八年前，公子泄和公子职发动叛乱赶走了卫侯朔，而拥立了公子黔牟。齐侯此番出兵是想帮助流亡在外的卫侯朔夺回国君之位。

“我到得很巧，正好撞见齐国的军队列阵于营丘城外。旌旗相属，连绵数里，黄尘四起，遮天蔽日。起初我只是震慑于万乘之国的阵列之壮观，却见跟在战车后面的步卒里面，半数以上都没有披挂铠甲，仿佛赤裸着身子。正觉得奇怪，定睛一看，才发现那根本不是血肉之躯，而是用木头雕刻而成的傀儡。

“那些木人或手握殳矛，或肩荷戈戟，迈着整齐的步子跟随战车缓缓前行。跟在更后面的厩养、樵汲一类杂役里面，也不乏木人的身影。

“木人的头部像是个敞口方腹的酒樽，里面盛着水。肩、肘、髋、膝关节都能像活人一样自由活动。脖颈和脚腕却只是一块死木头。在肩胛骨的位置上，左右各开了一孔，一根麻绳两端插入孔内，露在外面的绳子松松垮垮地一直垂到腰间。绳上打了各种结，木人每往前走几步，便有一小节麻绳挤进左孔，右孔则吐出相同长度的一节，所以露在外面的绳子长度始终不变。若仔细观察，还能发现木人的脚底下偶尔会淌出几滴水来，在黄土之上留下一排排泥脚印。

“进入城中，街上也到处都是木人，齐国人用它们砍柴、舂米、搬运货物。安顿下来后，我打听了一番，得知这些木人都是一个名叫北郭离的鲁国人设计的。听说他年轻时为避仇家，曾游历西方诸国。机缘巧合之下，得到了周穆王时的巧匠偃师所作《机关》数篇，经过四十余年的反复实验才终于掌握了这套傀儡术。他将一整套伎乐木人献与齐侯，深得齐侯赏识。然而齐侯却并没有满足于声色享乐，他希望北郭离能将这套技术用于军事与生产，这才有了我在城外和城中见到的那些木人。

“后来我贿赂了一位齐国的大夫，经他引荐，终于见到了这位北郭离。

“北郭离是个枯瘦的老人，左眼浑浊一片，两腿膝盖以下的部分换成了四个轮子，他用一根木杆操控轮子移动。据他自己说，原本他先将伎乐木人献给了鲁的国君，却因小人谗言而受了刖刑，最终流落到齐国才得到重用。

“关于他的残疾，倒是还有另一个说法。说他被齐国的公子彭生买通，在献给上一代鲁侯的伎乐木人里藏了兵刃，鲁侯上前观看，就被一刀刺死了。当时北郭离已经逃到了齐国，齐人为了给鲁国一个交代就杀了彭生，又砍掉了北郭离的两脚。还有人说刺杀鲁侯的幕后主使正是齐侯。齐侯的妹妹嫁给了鲁侯，背地里却时常找各种机会跟自己的哥哥私通，事情败露之后，齐侯就利用北郭离的伎乐木人刺杀了鲁侯。听起来倒也挺像那么回事的。

“对于自己的技术，北郭离很是自信，丝毫不担心我偷师，恐怕打心底里根本看不起我这个杞国人吧。我说想看看木人的内部结构，他就爽快地卸下了一个正在鼓瑟的伎乐木人胸前的木板，只见里面有上百个青铜齿轮，有大有小，最大的有如摊开的手掌，最小的尺寸不及菽豆。这些齿轮咬在一起，如合符契，运转不停。从木人头部流下来的水推动小齿轮，小齿轮带动大齿轮，牵动杠杆与丝线，让木人做出各种动作。流过齿轮的水，最终会从木人脚底的洞孔排出。

“我又问他如何控制木人的动作，北郭离说是通过背后的绳子上所打的结。说着，他卸下木人背后的木板，扯出绳子。虽然齿轮还在转动，木人却不能做出任何动作了。他又换上另一条绳子，只见木人不再坐着鼓瑟，而是站起身，手舞足蹈了起来。

“北郭离还解释说，绳结越复杂，木人可以做出的动作也就越复杂。用于伎乐木人的绳结，需要巧工用骨觿花费数日才能系成，能让木人做出击鼓吹箫、跳丸掷剑等一系列复杂动作。那些日常应用的木人，绳结要简单许多。只要事先计算好步数和动作，就能令其日复一日重复同样的工作，主人所需要做的，不过是定期往木人的头里加些井水罢了。

“至于那些战争用的木人，则是最简单的。通常只需准备两根绳子，一根全都系成迈步向前的指令，用于行军；另一根则在迈步的指令中间，再加上表示挥砍兵器的绳结，用于作战。除非被兵刃箭矢刺穿身体、破坏了齿轮，或是储存在头部的水耗尽，否则那些木人会持续前进，不知退却。血肉之躯根本就不是他们的对手。”

“齐国人若真掌握了这等工巧，岂不是所向披靡、战无不胜？”我问。

“恰恰相反。他们很快就吃了一场败仗。当时，周王室派子突将兵支援卫国，与齐、鲁、宋、陈、蔡的联军在平原对峙。几番交战，起初齐军还占有绝对优势。只是好景不长，入冬之后天气转寒，储存在木人头部的水全都结了冰。那些木人本就是用水流驱动的，水流不下去，木人也就无法行动了。

“而且，面对齐国的木人大军，卫国也是有备而来。他们的工匠设计了一种名叫‘烛螭’的火攻武器。烛螭的头部是以青铜铸成的螭首，口中能喷火，故得名。身子则是个巨大的木箱，装着七八个用牛皮缝制的橐籥，里面灌满油脂。木箱后面伸出几个脚踏板，也有个能站人的位置，下面装了四个轮子。

“在战场上，烛螭由两人在后面推动，另有一个人站在上面，操控烛螭喷火。青铜螭首可以通过牵动绳索来掉转方向。需要喷火时，只需踩下踏板，带动木箱内部的装置挤压橐籥，让油脂从螭首的口中喷出。螭首的上下颚各装了一颗燧石，碰撞就能打出火星来。油脂被火星引燃，就成了势不可当的火焰，能喷出一丈远。一场仗打下来，被烛螭焚毁的木人不计其数。

“经此一败，木人立刻开始改造。为了应对严寒，新一代木人不再以水流为动力，而是在头部安装两根牛筋，用发条使之扭绞在一起。牛筋缓缓松开，带动齿轮，木人也就动了起来。”

“但这样一来，岂不是更容易被烛螭点燃了吗?”

“北郭离自然也有对策。他设计了一种‘浣机’，能利用水车在河边汲水，储存在一个巨大的方形青铜鉴里，青铜鉴下面是个可升降的台子。汲水结束之后就卸下水车，换上轮子，以便在战场上自由移动。遇到卫人的烛螭，就将台子升起，把青铜鉴托到三四丈高的位置，再打开一个阀门，让里面的水流入一根木管，水从管子的另一端喷射出去，可达数丈远。卫人的烛螭远远达不到这个射程，遇上齐人的浣机，就完全派不上用场了。开春之后他们又打了几场恶战，这次是齐人完胜。”

“居然有这等奇事。”

“这还不是最离奇的。齐人凯旋归国之后，北郭离又想到一个新点子，他打算设计一种特殊的木人，谓之‘元胞’。元，始也。胞，胎也。取‘以此为起始孕育木人’之意。

“按照北郭离的构想，这种木人分为两组，‘元’所搭载的绳子能让其完成伐木、雕镂、拼装等工作，‘胞’则负责采集蔓草、编织绳子并打结。两者协作，便能实现木人的自我再生产。齐人只消派遣一组元胞出去，很快就能自行生产一支木人大军。若让其中一些元胞制造新的元胞，那么用不了多久，普天之下就会片木不留、寸草不生，齐国的木人将荡平四海……”

“但齐国的木人还没有跑到杞这边来，看来他的研究并不顺利。”

“我离开齐国的时候，他还没取得什么进展。不过以北郭离的智慧，制造出元胞也只是时间的问题了。只希望他不要活到那个时候。”

“你后来可见到了齐侯?”

渠丘考摇了摇头。

“齐侯想召见我，但我没有去。齐人已经有了北郭离这样的巧匠，想来也不需要我那质陋的兵书了。我很快就离开了齐国，打算去西边的晋国碰碰运气。临走之前，我烧掉了兵书中《野战》《火攻》两篇。在齐人的木人和浣机面前，我想出的那些作战方法根本不值一提，还是付之一炬为好。

“经过卫国时，我发现那边已到处都是齐国的木人。卫侯名义上夺回了国君之位，说到底也不过是成了齐国的傀儡。齐人送到卫国的木人都加了一种特殊装置，只要有人试图卸下木板以窥其中奥妙，木人就会立刻燃烧起来。因此卫人并不明白这里面的原理，也无法仿造。

“进入晋国的地界，没走多远，我又见到了另一番令人瞠目结舌的景象。只见原野之上，黄尘漫天。透过飞扬的尘土，能隐隐看到一座城池，不算很大，远远比不上齐的国都，但也比我刚刚路过的几座卫国的城市大出不少。城墙高耸，上面还插着一排看起来像旌旗的东西。而这样一座城池，竟在飞速向北疾驰，离我越来越远。

“当时我也不知哪里来的勇气，竟命令御者快马加鞭追上去。结果费尽力气也没能缩短和那座城市之间的距离。一直追到日落，人困马乏，才终于作罢，投宿在附近的村舍。打听了一番才知道，我看到的是晋国的巧匠东城寋为大夫赵攘制造的移动城池——‘邯郸’。

“正巧一起投宿的还有几名商人，他们前一天才刚刚从上边下来，准备前往卫国，就跟我讲起了有关邯郸的事情。

“邯郸就像是一艘行驶在陆地上的巨船，我看到的那些旌旗状的东西其实都是风帆。城市下面装了无数个轮子，风吹动帆，城市便能到处移动。若遇到无风的日子，或是要逆风前行，城主就会召集全城的居民去划动安装在城墙上的木桨，这样也能让轮子转动起来。但这种移动方法费时费力，只在危急关头才会使用。

“他们还说，因为路上颠簸，身处邯郸之上的感觉，就像是在乘坐风浪里的一叶扁舟，起初很难适应，轻则头晕目眩，重则呕吐不止，要经过一段时间才能在上面活动自如。而一旦适应了颠簸的邯郸，再回到稳固的地面上也会感到不适。曾有个燕国人，在邯郸生活了几年，回到地面上竟连走路都不会了，只能一路匍匐着爬回故乡。

“见识过晋人的移动城之后，我打消了面觐晋侯的念头，顺便把兵书里的《攻城》一篇也烧了。如果敌国的城池飞速移动，根本就追赶不上，那便也无从攻取了。在邯郸的滚滚车轮面前，我那过时的兵法，不过是螳臂当车，只能被碾个粉碎。

苦恼了一整晚，我决定再去秦国碰碰运气。”

“我听说秦人久与西戎杂处，风俗异于中国，他们真能理解你的兵法吗？”

“我又何尝不是这么认为的呢？可这一路所见让我渐渐认清了现实——中国已经没有我的用武之地了。”渠丘考长叹一声，“然而，即便是这偏远的秦国，也掌握了我们杞人根本无从想象的工巧。”

“你在秦国又见到了什么呢？”

“这次我还没走进秦国的地界，在晋国境内便已见识了秦人的厉害。齐国的木人是奉国君之命设计的，晋国的移动城池也至少是为卿大夫建造的，但我见到的秦人的工巧，却出自一位寡妇之手。而她设计那套东西出来，也不是受了谁的命令，只是为方便自己经商罢了。我到达秦晋边境时已是黄昏时分，便打算先在晋国过夜，次日一早再进入秦地，不曾想却忽见一队车马，从太阳那边朝我这里缓缓飞来……”

“飞来？”

“没错，飞来。当时夕阳西下，暮云接天，微风吹拂。那队车马忽然出现在西方的群山上面，越靠越近，最终从我的头顶上飞过，消失在东方的天空。对此，当地的村民却丝毫不觉得奇怪，甚至都懒得抬头看一眼，仍耕作不辍。我便问他们，刚刚飞过的是什么。他们也只是轻描淡写地回答说，那是秦国寡妇西乞氏的商队。

“原来，为了方便运送货物，西乞氏发明了一种‘勾云索’，可以将车马挂在云端，凭云升降，随风飘移。通过勾云索，西乞氏的商队日行千里，往来于各国，很快就成了富可敌国的巨贾。

“噫！让我见到齐国的木人，是老天要葬送我；见到晋国的移动城，则是老天要断绝我。如今又见到了秦国的勾云索，吾道穷矣！吾道穷矣！

“看来，秦国也不必去了。次日一早，我便动身返回杞国，顺便把兵书中《辎重》《形势》《望气》三篇也都烧了。有了西乞氏的勾云索，粮草补给不再是问题，《辎重》一篇也就可有可无了。《形势》亦是如此，只要将车马挂在云端，地形对于行军的影响也可以忽略不计。至于《望气》，记的都是预测天气变化的方法。西乞氏的商队能利用风云移动，预测天气的技术想必也非我所能及。至此，七篇兵书就只剩下《守城》一篇了。”

说到这里，渠丘考在爵中斟满了酒，却没有喝下去。

“来这里之前，我听到了一些你的传闻。”我说，“他们都说你在担心天崩地陷，乃至寝食难安。有这回事吗？”

“是有这么回事。”他点了点头，“你若是知道了我在楚国的见闻，就不会觉得我是在自寻烦恼了。”

“你还到了楚国？”

“原本是没打算去的。回去的路上正好碰上一支晋国的商队，要南下入楚。我跟领头的商人聊得很是投机，他得知了我的境况之后，建议我去楚国碰碰运气，说楚王正在广招天下贤良，打算有一番作为。我当时只想着‘蠢尔蛮荆’，总不会也有什么领先于杞国的机巧吧，便与他一同去了楚国。而这正是我一生中最错误的决定。若在那时折返就好了。虽说也会因一路所见而深感挫败，至少不会像如今这般忧惧难安。”

说到这里，渠丘考长舒了一口气，沉默片刻，喝干了爵中的酒才继续说了下去。

“我们一路经过汉水北岸的几个姬姓小国，也就是所谓的‘汉阳诸姬’。周王室将这些同姓诸侯分封于此，本就是为了形成一道屏障，抵御南蛮。只可惜这群羸弱的小邦，如今正被楚人一点点蚕食，周王室受到威胁也只是时间问题了。对此，中原各国却一个个束手无策，只是坐视楚国崛起。

“当时，楚王刚刚将兵攻陷申国。邓国夹在楚、申之间，我们到达邓国时，正好遇上楚人凯旋。机缘巧合之下，我很快就见到了楚王。”

渠丘考称楚子为“楚王”，在我听来甚是刺耳。这本就是楚人的僭称，既是对周王室莫大的不敬，也折射出对中原诸国的蔑视。渠丘考虽然一口一个“荆蛮”，可提到“楚王”时，语气中却全无轻贱之意。或许是因为楚子留给他的印象颇佳，也可能是他在楚国真的见到了什么令他肃然起敬的东西。

“楚王看起来很年轻，年方不过三十，相貌谈吐亦与中原的国君无异。听说我来自杞国，他先是问起了杞的历史、风俗，还问到了我所居住的地方具体在什么位置，最后又问了我几个攻城方面的问题。虽然兵书中涉及攻城的部分已被我烧毁，倒是也不难回忆起只言片语来，我便一一作答。楚王听完我的回答，脸上没有任何表情，也没再说什么，只是带我去看了楚人的攻城器具‘荆尸’。”

“荆尸？”

“荆，楚也。尸，主也。只从这个名字，便不难看出这群荆蛮入主中原的野心。这是上一代国君楚武王为攻打随国而造的。楚武王一生三次攻打随国。随人城防坚固，又擅长锻造兵器，两次大败楚军。楚武王最后一次伐随时已年逾七十，死在了半路。临终时命巧匠南门乌菟制造了荆尸。楚人得此利器，自是如虎添翼，一举攻陷了随国。

“荆尸就像是个歪歪扭扭的巨大木轮，近两丈宽，上面装了无数个铜铲，又接出十几根绳索。由壮士拉动绳索，让木轮旋转起来，可用于掘地。使用时，通常是先打出一个竖井，将荆尸放下去，牵动绳索，转动巨轮，一点点往前挖。乍一看好像很慢，若命人朝夕不辍，几日便能挖出一条数里长的地道。轮子中间还设有一个青铜环，上面拴了一条较粗的绳索，绳索上挂着一排竹筐，用来将挖下来的泥土搬运出去。楚人就是利用荆尸挖通地道，绕过了随国与申国的城墙。

“至此我也明白了，为什么楚王要带我去看荆尸。这是他针对我、针对我们这些以正统自居的中国之人的无声嘲讽。我的兵书已经只剩下一篇《守城》，里面的策略在楚人的利器面前根本就不堪一击。想到这些，我就把它也烧了，都烧了——到头来，这二十年的心血，都只是徒劳，只是自取其辱罢了！

“我原打算就这么回杞国，却被楚王挽留下来。老实说，我也分不清那究竟是挽留还是威胁。后来便随他们一起去了郢都。楚人刚把国都迁到那里，宫室尚且茅茨不翦，采椽不斫，民宅就更是简陋了。没过多久，就爆发了一件震惊朝野的大事。

“楚国有个名叫鬻拳的大夫，素以直言正谏著称。他见荆尸在伐随、伐申的战争中都发挥了作用，便提议利用荆尸建造一条绵延数千里的‘大隧’，从地下挖到各国的都城。到时候，哪个国家若敢与楚为敌，只要楚王一声令下，便能迅速将那个国家的都城地下彻底挖空，使之塌陷。楚王并没打算采纳这个劳民伤财的建议。鬻拳竟在朝堂之上拔出佩剑来，抵在楚王的脖子上，强迫楚王下令挖掘‘大隧’。事后鬻拳自断一足以谢罪……”

看来，渠丘考之所以会担心大地在某天塌陷，就是因为这条“大隧”。

“楚地与杞国相去数千里，他们当真能把地道挖到我们这里来吗？”

“挖到我们这里也只是时间问题了。”渠丘考说，“但这还远远不是楚人最可怖的计划。荆尸的设计者南门乌菟，还想出了更具破坏力的东西。荆尸只是令地面陷落，另一件兵器更是能让天塌下来，砸毁下面的一切。”

“我听说，所谓的天，不过是气体的积聚罢了。日月星辰，也不过是气体里面会发光的存在。就算掉落下来，也不会伤到人才对。”

“不，并不是这么回事。我后来跟随楚王去了云梦的离宫，在那里见到一架精密的仪器，才终于知道了宇宙真正的构造。那台仪器以最上等的南金铸造而成，用来模拟天地日月的旋转运行，楚人称之为‘畴觉仪’。

“畴觉仪从外面看是个直径六七尺的青铜球。球体能打开，也能旋转，上面开了许多洞眼，内壁上还嵌有两颗小球。球体内部平放着一块厚约二寸的方形青铜板，其上铸以山河湖海。而这，正是宇宙的结构——外面的球体即是天盖，方形的青铜板则是地面，两颗小球分别代表日月。天盖绕地面旋转，日月在天盖内侧运行。日月本身有光亮，而天盖外面也有光亮。外面的光透过洞眼投射进来，便为群星。看到这台畴觉仪，我才忽然明白，古人早已知晓了宇宙真正的构造。《诗》云，‘受小球大球，为下国缀旒，何天之休’。小球，日月也。大球，天盖也。说的便是这个意思。”

“即便宇宙真像你描述的那样，楚人又要如何才能让天空坠落下来呢？”

“很简单，只要发射一支巨大的弩箭射穿天盖就好了。天盖破裂，碎片掉落下来，便能成为这世上最具杀伤力的武器。屠城灭国，易如反掌。”

“真能射出这样的弩箭?”

“射出去的场面我没见到，但楚人的确为此准备了专门的箭与弩机——他们称之为‘贯天矢’与‘云梦机’。

“云梦机顾名思义，架设在云梦泽。这恐怕是世上尺寸最大的兵器了。楚人先是在山脚下建立了两座百尺高的石阙，相距数里。又筑了一堵十丈高、五丈厚的土墙，从两座石阙一直延伸到山顶，在那里汇合。云梦机以土墙为弓，以石阙为弧，又以秋狩所得鹿胶、马胶、牛胶、鼠胶、鱼胶、犀胶熬在一起，粘合数百石的牛筋、鹿筋与丝麻，制成了一根六尺粗、数里长的弦，两端分别砌进石阙里面。要拉动这根弦，需动用数千辆马车。

“至于贯天矢，则需要砍伐数百棵参天古木，以榫卯结构镶嵌在一起，花费数月方可制成一支。一旦有需要，楚人便将贯天矢架在土墙上，利用那根巨大的弦弹射出去，射穿天盖，让碎片砸到敌国的头顶上。

“按照南门乌菟的设计，云梦机最好在夜间使用。对准某个星宿射出贯天矢，便能击中地上相对应的某个目标，这些都能通过畴觉仪进行精准测算。

“从云梦返回郢都，楚王再次召见了我。他说，我不必继续留在楚国了。他还特地告诉我说，在楚国见到的荆尸与云梦机，即便说给中原诸国的人听也无妨。恐怕，他反倒希望我能替他到处宣传楚国的厉害，以达到耀武扬威、震慑中原的目的。后来我就和一支去往齐国的商队一起，一路北上，回到了杞国。我出发时，带着整箱兵书，归来时就只剩下了一个空箱子和满心的忧虑。”

说完自己在各国的见闻，渠丘考沉默了许久。

对于他的话，我并未完全相信，却也没发现什么明显的漏洞。他的忧虑，与其说是担心天崩地陷，倒不如说是痛惜杞人的愚昧落后，害怕那些万乘之国会利用各种机巧吞并、消灭我们这个蕞尔小国。对此，我也只是安慰他说，有些事若真要发生，谁也阻止不了，与其终日生活在忧虑里，倒不如及时行乐。

听我这么说，他若有所思地点了点头，但眉头依然紧锁，双眼也依然看向某个邈远的地方。

后来我们推杯换盏，痛饮至日落时分。离别之际，渠丘考以杖击节，作歌一首。歌曰：

嗟嗟大邦兮夏后所兴，

虽百代犹受命兮彤弓斯征。

日以沦胥兮莫惩，

后土将颓兮皇天将崩。

未曾想，这竟成了我和他的最后一次见面。

那天夜里，西南方的天空光耀异常，群星都被一道白光吞没了。不过那白光也很快就黯淡了下去，最终彻底消失不见。随后又见一道道流星划破夜空，星霣如雨。伴随着震耳欲聋的巨响，流星纷纷坠落在地，顿时火光冲天，再次吞没了刚刚现身的恒星。

我看向地平线上熊熊燃起的烈火，那正是渠丘考的庄园所在的位置。

大火烧了三天三夜，庄园连同附近的村舍，都被烧成了一碰即碎的焦炭。地面也深深凹陷下去，形成了一个足以供百余辆车马殉葬的大坑。我和几位友人试图寻找渠丘考的尸首，却只找到一些漆黑的铁块，不知是否就是天盖的碎片。

渠丘考最担心的事情终究还是发生了。

THE SHOULDERS OF GIANTS

*by*

Robert J. Sawyer

▽

# 巨人的肩膀

[加] 罗伯特 · J. 索耶 著 / 华龙 译

罗伯特·J. 索耶是雨果奖、星云奖、加拿大极光奖、西班牙UPC科幻小说奖和日本星云赏等众多国际科幻奖项的获得者。他被誉为加拿大“科幻教父”，代表作包括《金羊毛》《终极实验》等。

感觉似乎就在昨天，我死了，不过嘛，当然了，那已经是好几个世纪以前的事情了。我希望计算机能清清楚楚地告诉我一切正常，可要命的是，它显然正在读取传感器数据，看我的状态是否足够稳定、灵敏。可笑的是，因为我正焦急地等待结果，脉搏确实有些过快，所以也就延缓了它的检查时间。如果我状况危急，它应该立刻通知我；但如果不是，它就应该让我放松下来。

最终，计算机用它那干脆利落的女声说话了："你好，托比。欢迎你起死回生。"

"这是什么地方……"我觉得自己已经开口了，可是并没有发出任何声音，于是又试了一下，"我们在什么地方？"

"就在我们应该在的地方——减速前往娑罗星的途中。"

我感觉自己镇定了下来。"玲怎么样了？"

"她也正在苏醒。"

"其他人呢？"

"四十八个低温休眠舱全部运转正常。"计算机说道，"每个人都安然无恙。"

听到这些，感觉很好，但并不令人意外。我们有四个额外的备用低温舱，如果某个使用中的休眠舱出现问题，那么玲和我谁先被唤醒，谁就会去把那个人转送到备用舱里。

"什么日子了？"

"3296年6月16日。"

我早就料到会是这么个答案，可还是不由得心生惆怅。把血液从我的身体里抽干存储起来，然后把富氧抗凝剂注入我的体内，已经是一千两百年前的事情了。我们在前面数百年一直加速行驶，大概在最后一年一直减速，至于其余那些年嘛，就始终都以最大速度航行，即3000千米每秒，光速的百分之一。我父亲是格拉斯哥人，母亲是洛杉矶人。他们俩都很喜欢那句俏皮话：美国人和欧洲人的区别在于——对于美国人来说，一百年很久；对于欧洲人来说，一百英里很远。

但是有一件事，他们俩看法一致——1200年和11.9光年，这绝对是不可思议的数字。而现在，我们就在经历这样的时光，减速靠近鲸鱼座T星。这是距地球最近的类太阳恒星，同时还并非属于多恒星系统。当然了，也正因如此，这颗恒星受到了地外文明搜索中心的频繁探测。不过什么也没被监测到，总之一无所获。

时间一分一秒地过去，我的状态也渐渐好了起来。之前存储在容器里的血液已经回到了我的体内，现在正在动脉和静脉中流淌，让我重新恢复了活力。

我们会成功的。

鲸鱼座T星的北极正好指向我们的太阳，这就意味着，在二十世纪晚期发展起来的探测技术——当恒星被行星引力拖拽时，会产生时近时远的距离变化，该技术可用于探测距离变化所造成的微弱的蓝移和红移现象，但在这里是行不通的。鲸鱼座T星运动所产生的任何移动从地球上看来都在垂直方向，所以不会产生多普勒效应。不过，最终我们造出了地球轨道望远镜，它足够灵敏，足以检测到可见的移动。

全球各大报纸头条都进行了报道：第一个可通过望远镜观测到的太阳系，不是通过恒星的移动或是光谱偏移进行推算，而是真真切切地看到。在鲸鱼座T星周围，至少有四颗行星环绕，而且其中一颗……

这番话已经流行了数十年，最初是由兰德公司的研究报告《人类宜居行星》推广开的。每一位科幻小说作家和宇宙生物学家都极为称职地借用了报告中对“生命带”给出的定义——在与恒星距离极为理想的区域内，恰好存在与地球表面温度极为相似的行星，温度不能太热，也不能太冷。

而这四颗可见的围绕着鲸鱼座T星运行的行星中，第二颗正好位于这个恒星系生命带的中部。这颗行星受到了极为认真的观测，历时整整一年——是它的一年，相当于地球的193天。然后，两个极为美妙的事实逐渐清晰起来：第一，这颗行星的轨道是个近乎完美的圆形——这意味着它上面的温度一直都很稳定。而第四颗行星，一颗类似于木星的巨行星，它在距离鲸鱼座T星五亿千米的轨道上运行，显然是它的引力造就了这个结果。

第二，这颗行星的亮度在它的一天内，也就是二十九小时十七分的时间里，差异很大。其原因很容易推断：它一侧的半球上大部分都是陆地，所以只能反射出很少一部分鲸鱼座T星的金色阳光；而另一侧的半球拥有更高的反照率，看起来被大洋覆盖。这颗行星拥有不规则的运行轨道，毫无疑问，它的海洋必定是液态水——外太空的太平洋。

当然了，那可是远在11.9光年之外，鲸鱼座T星很可能还有其他行星，但是太小、太暗，因此看不到。所以在谈到鲸鱼座T星II号这样的类地行星时，就有可能出现问题——如果最终在更近的轨道上发现还有其他星球，那么计数的命名方式会让这个星系的行星名字变得像土星卫星那样繁乱。

显然必须得给它取个名字。吉安卡洛·迪马伊奥，就是那位发现这颗半海洋、半陆地星球的天文学家，给它起了一个名字：娑罗，拉丁语，意思就是姊妹。确实，至少从地球这么远的地方来看，娑罗星真的像是人类家园的姊妹星。

我们很快就会知道它作为一个姊妹到底有多完美了。说到姊妹，喔——好吧，武玲与我并没有血缘关系，但我们在发射升空前一起工作、一起训练了四年时间，我早已把她看作是我的妹妹了，不过媒体一直都把我们称为新一代的亚当和夏娃。当然了，我们要负责在新星球上繁衍生育。不过，我不是同她，而是同我的妻子海伦娜，就是那四十八位仍处于冷冻状态中的一位。玲跟其他那些移民也没有什么亲密关系，不过呢，她本身美丽动人，而低温休眠中的那二十几个男人里，有二十一个是未婚的。

玲和我是“先锋精神号”的联合船长。我们俩的低温舱跟其他人的都不一样：设计的时候就是为了重复使用。她和我在航行期间可以多次苏醒，以便处理紧急情况。其他队员都睡在仅仅价值七十万美元一套的舱室里，跟我们俩这价值六百万一套的可没法比，他们只能苏醒一次，就是在我们的飞船抵达最终目的地的时候。

“你的状况一切正常，”计算机说道，“现在可以起来了。”紧接着，舱室上面厚厚的玻璃罩滑到一旁，我扶着加了软垫的扶手，把自己挪出了那个黑黢黢的瓷罐子。旅程中的大部分时间里，飞船都是以零重力状态飞行，不过现在它正在减速，产生了一股微弱的下推力。当然，这跟地球引力没法儿比，但我很是欣慰，因为自己还得花上一两天时间才能稳住双腿。

我的舱室由一堵隔板跟其他人的隔开，上面贴满了被我抛在身后的那些人的照片：我的父母，海伦娜的父母，还有我的胞妹跟她的两个儿子。我的衣物耐心地等候了一千两百年，我估摸着，它们恐怕早就成为过时的老古董了。不过，我还是穿到了身上——在低温舱里当然是一丝不挂的——最后，我迈步从那道隔板后面走了出来，正好看到玲从隔开她低温舱的那道墙板后现身。

“早上好。”我尽量让声音显得沉着冷静。

玲穿着一件蓝灰相间的连衣裤，笑容灿烂：“早上好。”

我们走到房间中心，相互拥抱，这是好朋友在分享共同冒险的喜悦。随后我们立刻往舰桥走去，在微弱的重力下半走半飘。

玲问道："你睡得怎么样？"

这可不是无关紧要的问候，而是我们任务的首要问题。从前，最长的低温休眠时间是五年，那时是去土星；"先锋精神号"是地球上第一艘恒星际飞船。

"睡得不错。"我说道，"你呢？"

玲答道："很好。"不过她随后停下脚步，拍了拍我的前臂，"你有没有……做梦？"

大脑活动在低温状态会缓慢停止下来，不过在"克洛诺斯号"上——就是执行土星任务的那艘飞船——有一些队员声称，有短暂的梦境在主观意识中持续了大约两三分钟，而航程的总时间是五年多。那就意味着，在"先锋精神号"漫长的航行期间，船员可能会做好几个小时的梦。

我摇了摇头："没有。你呢？"

玲点了点头："我有。我梦到了直布罗陀。你去过吗？"

"没去过。"

"那里南对西班牙，你可以从欧洲越过直布罗陀海峡看到北非。而且在西班牙这边还有尼安德特人的聚居点，"玲是人类学博士，"他们能清楚地看到海峡的那边还有陆地——另一片大陆——仅仅十三千米之外。一个强壮的人就能游过去，更不用说随便找个木筏子或是小船了，这事儿简直易如反掌。

不过，尼安德特人从来都没有去到对岸。就我们所知，他们甚至都没尝试过。”

“那你的梦……”

“我梦到自己是生活在那里的尼安德特人，一个十几岁的小姑娘，我猜是吧。我试图劝说其他人，说应该跨过海峡，去看看那片崭新的土地。但是我做不到。他们都没兴趣。我们生活的地方有充足的食物和藏身之处。最后，我孤身一人踏上征程，想要游过去。水很冷，波涛汹涌，有一半的时间我都没法呼吸，不过我一直游啊游，然后……”

“怎么样了？”

她稍稍耸了耸肩：“然后我就醒了。”

我冲着她微微一笑：“好吧，这回我们会做到的。我们会切切实实地做到。”

随后，我们来到舰桥门口。门自动打开让我们进入，但滑开时不断发出刺耳的吱吱声；过了十二个世纪，它的润滑油肯定早就干了。房间是长方形的，两排呈夹角分布的控制台对着一面巨大的屏幕，屏幕现在处于关闭状态。

我对着空中问道：“到娑罗星的距离？”

计算机的声音传来：“120万千米。”

我点了点头，大约是地月距离的三倍，“打开屏幕，显示前方画面。”

“优先级错误。”计算机说道。

玲冲着我一笑。“你是在抢跑啊，搭档。”

我不由一窘。“先锋精神号”正在减速接近娑罗星，飞船的核聚变排放物正好位于航线前方。一旦光学扫描仪的防护罩打开，就会被火焰烧毁，“计算机，关闭核聚变发动机。”

仿真的声音说道：“动力关闭。”

“尽快打开画面。”我发出指令。

飞船引擎停止喷射的那一刻，重力消失了。玲一把抓住距离她最近的控制台扶手；而我苏醒过来之后，仍然有一点儿迷糊，于是就这么飘在房间里。大约过了两分钟，屏幕亮了。鲸鱼座T星位于正中央，就像一个棒球大小的黄色圆盘。那四颗行星都清晰可见，小的如豌豆般大，大的则跟葡萄差不多。

“放大娑罗星。”我说道。

于是，一颗豌豆变成了一个台球，但鲸鱼座T星并没怎么变化。

“再大些。”玲说道。

那颗行星随即变成了垒球大小。从这个角度看去，它像是一轮残月，大概有三分之一的圆面是亮的。而且幸运又奇妙的是，娑罗星跟我们梦想中的别无二致：这颗宛似巨型大理石圆球的行星，光可鉴人，白云缭绕，海洋蔚蓝，还可以看到大陆的一部分从黑暗中浮现出来，而且是绿色的，显然覆盖着植被。

我们再次张开双臂，紧紧相拥。离开地球的时候，没有人能确定情况会是怎样，婆罗星可能早就一片荒芜。“先锋精神号”可以说是破釜沉舟：在它的货舱里，装载着我们生存所需的物资。我们做好了最坏的打算——目的地是一个没有空气的世界。不过，我们还是希望并且祈祷婆罗星就是另一个地球，就像是一个真正的姊妹，另一个家园。

“真美，不是吗？”玲叹道。

我觉得自己的双眼湿润了。真是太美了，美得令人窒息、令人眩晕。浩瀚的海洋，如絮的流云，葱绿的大地，还有……

“哦，我的天呐。”我轻声说道，“我的天。”

“怎么了？”玲问道。

“你没看到？”我问她，“看呐！”

玲眯缝起眼睛，挪到距离屏幕更近的地方，“什么？”

“在黑暗的那面。”我说道。

她又看了看：“喔……”这回她看到了，有微弱的亮光在那片黑暗里闪烁。很难看到，但绝对有。玲问道：“有没有可能是火山活动？”或许婆罗星也没那么完美。

“计算机，”我说道，“对行星黑暗面的光源进行光谱分析。”

“主要是白炽灯光，色温5600开尔文[1]。”

我深吸一口气看着玲。那不是火山，那都是城市。

---

1. 简称开，热力学温度单位。

婆罗星，我们花了十二个世纪航行到达的世界，我们想要移民的世界，用射电望远镜探测时寂静无声的世界，已经有人居住了。

“先锋精神号”是一艘移民飞船，它可不是搞星际外交的。当它离开地球时，最重要的任务似乎就是至少带领一批人离开故乡世界。两场小规模的核战争——媒体将其称为第一次核战与第二次核战——已经爆发，一场在亚洲南部，另一场在南美。显然，第三次核战只是早晚的问题了，而且规模绝对小不了。

地外文明搜索中心从鲸鱼座T星上什么都没检测到，至少在2051年没有。不过到那时为止，地球距离发现无线电波的时间也不过一个半世纪；鲸鱼座T星在那时可能也有了很繁荣的文明，不过尚且没有开始使用无线电。可是现在已经过了一千两百年，谁又知道鲸鱼座T星人进步到了什么程度?

我看了看玲，然后又望向屏幕：“我们该怎么办?”

玲歪了歪脑袋：“我也不确定。一方面呢，我倒是很想见见他们，不管他们是谁。不过……”

“不过他们可能并不想跟我们碰面。”我说道，“他们可能认为我们是入侵者，而且……”

“而且我们还有另外四十八个移民要考虑。”玲说道，“就目前所知，我们是人类最后的幸存者。”

我眉头一皱："好吧，这倒是很容易确定。计算机，把射电望远镜转向太阳系，看看是否能捕捉到任何人工产生的信号。"

那个女声回应道："稍等片刻。"过了一会儿，房间里充满了嘈杂声：静电噪音、凌乱的人声、音乐片段、有序的音符，各种声音彼此交叠，杂乱无章，时强时弱。我听到了像是英语的声音——尽管音调变化十分怪异——也许还有阿拉伯语、汉语普通话……

"我们并不是最后的幸存者。"我笑了，"地球上还有人生活——或者说，至少在11.9年前还有，就是这些信号发出的时候。"

玲喘了一口气。"很高兴我们人类并没把自己炸死。"她说道，"现在，该好好琢磨琢磨我们在鲸鱼座T星要对付些什么了。计算机，把天线转向娑罗星，再次扫描是否有人工信号。"

"扫描中。"飞船里安静了好一会儿，然后爆发出一阵静电音，还有几段音乐、咔咔声和哔哔声、人声、汉语普通话和英语的说话声……

"不，"玲说道，"我是让天线对准另一个方向。我想要听听娑罗星上有什么。"

计算机的声音听上去居然有点儿不高兴了，"天线正对着娑罗星呢。"

我看了看玲，灵光一闪。在离开地球的时候，我们十分担心人类将自取灭亡，但却没有真正停下来思考：事情是否真会那样发展。一千两百年过去了，毫无疑问，人类会建造出更快的太空飞船。当“先锋精神号”上的移民还在沉睡时，当其中一些人还在慵懒地做梦时，别的飞船已经赶到了前头，提前几十年抵达了鲸鱼座T星，要不就是提早了几个世纪——反正是足够他们在娑罗星建立起人类城市了。

“该死，”我说道，“真是该死。”我摇了摇头，盯着屏幕。乌龟本应跑赢兔子的。

“我们现在怎么办？”玲问道。

我叹了口气：“我看，我们应该跟他们取得联系。”

“我们……啊，我们可能是属于敌方的。”

我嗤笑一声：“好吧，我俩总有一人不属于敌方。此外，你听到广播了：普通话和英语。不管怎样，我无法想象会有人在意一场一千多年前的战争，而且……”

“抱歉打扰，”计算机说道，“接收到音频通话信息。”

我看了看玲。她眉头紧锁，显然吃了一惊。

“接过来。”我说道。

“‘先锋精神号’，欢迎你！我是乔德·鲍科特，德伦汀空间站的负责人，位于环绕娑罗星的轨道上。船上有人醒来了吗？”是一个男人的声音，那口音说不上是什么感觉。

玲望着我，想看看我是否会阻止，然后才开口道："计算机，发送一条答复。"计算机哔哔一响，打开了一个频段，"我是武玲博士，'先锋精神号'的联合船长。我和另一位联合船长先行苏醒，另外四十八人仍处于低温休眠状态。"

"好的，请注意。"鲍科特说道，"按照你们的速度，要抵达这里还得几天。不如我派一艘船把你们俩接到德伦汀怎么样？我们的人大约可以在一小时后到达你们那儿。"

"他们真是喜欢扎人痛处，对吧？"我嘟囔了一声。

"什么？"鲍科特说道，"我们听不太清楚。"

玲和我互换了眼色，然后达成一致。"当然了，"玲说道，"我们在此恭候。"

"不会让你们久等的。"鲍科特说完，扬声器又变得悄无声息。

是鲍科特本人来接我们的。他的球形飞船跟我们的一比，简直是小巧玲珑，但却似乎拥有等量的活动空间。这羞辱就没个完了吗？对接装置在一千年中变化很大，他无法完成气密，所以我们不得不穿上太空服去往他的飞船。一登船，我就发现我们仍然处于失重的飘浮状态，心里登时平衡了许多；要是他们还有人工重力，那就太过分了。

鲍科特看上去是个不错的小伙子，大概跟我年纪差不多，三十出头的样子。当然了，也没准儿现在的人永远都这么年轻呢！谁知道他到底有多大？我也没法确定他的种族，他看上去更像是混血儿。不过，他理所当然地对玲一见倾心——在玲摘下头盔，露出鹅蛋脸和乌黑亮丽的长发时，他的两颗眼珠子都要蹦出来了。

“你好。”他露出了爽朗的笑容。

玲也回以微笑：“你好。我是武玲，这位是托比·麦克格雷格，我的联合船长。”

“幸会。”我说着，伸出了一只手。

鲍科特看了看这只手，显然不知道该怎么办。他像我的镜像一样也探出了一只手，但是并没有接触我。我索性一把抓住他的手握了握。他似乎吃了一惊，不过很开心。

“我们要先带你们回空间站，”他说道，“有件事请原谅，不过……嗯……你们还不能降落到行星表面，必须先进行隔离检疫。在你们离开之后，我们已经消灭了很多疾病，所以并没有疫苗。我倒是很愿意冒险，不过嘛……”

我点了点头：“这没问题。”

他的脑袋稍稍一斜，有那么片刻好像心事重重的样子，然后说道：“我已经告诉飞船带我们返回德伦汀空间站。它位于极地轨道，娑罗星上空两百千米。不管怎样，你们都会欣赏到那颗行星的美景。”他大嘴一咧乐了起来，“能跟你们会面真是奇妙呀，就像历史书里的一页活生生跳到了眼前！”

"如果你们知道我们，"当我们一切就位，动身前往空间站的时候，我问道，"那为什么不早点儿来接我们？"

鲍科特清了清嗓子："我们并不知道有你们存在。"

"但是你呼叫我们了：'先锋精神号'。"

"那个嘛，你们的船身上可是漆着三米高的大字呢。我们的小行星观测系统探测到了你们。你们那个年代有很多信息都已经遗失了——我猜那个时候发生了政治剧变，对吧？不过，我们知道地球在二十一世纪试验过休眠飞船。"

我们缓缓接近空间站，它是一个巨大的环形，旋转产生模拟重力。或许我们耗费了一千多年的时间，但人类终究还是按照上帝期望的样子建造起了空间站。

一艘漂亮的太空船飘浮在空间站的近旁：纺锤形的银色船身，祖母绿色的三角翼，机翼相互垂直。我不禁赞叹道："真炫！"

鲍科特点了点头。

"那它怎么着陆？机尾冲下？"

"它不用着陆，这是一艘星际飞船。"

"没错，不过……"

"我们用太空班机在它和陆地之间进行转运。"

"不过，要是它不用着陆的话，"玲问道，"为什么要做成流线型？就是为了好看？"

鲍科特笑了起来，但是有礼有节，“做成流线型是因为它需要那样。在亚光速飞行的时候，长度收缩会十分显著，而这就意味着星际间的物质会变得稠密。尽管每立方厘米只有一个重子，可要是运行速度够快的话，就会形成明显的气流了。”

玲问道：“你们的飞船能飞那么快？”

鲍科特笑着回答：“是的。能飞那么快。”

玲摇了摇头。“我们真是疯了，”她说道，“疯到执行这次航行任务。”她瞥了一眼鲍科特，但不敢迎上他的目光。随后她视线一转，望向了地板，“你们肯定认为我们愚不可及。”

鲍科特的双眼一下子睁得大大的，看上去就像是不知道该说什么才好。他看着我，双臂一摊，似乎是在求我帮忙化解。但我只是深吸了一口气，然后将空气，还有失落，缓缓从身体里吐了出去。

“你们错了。”最终，鲍科特开口了，“错得太离谱了。我们以你们为荣。”他顿了一下，等待玲重新抬起目光。她抬起头来，眉毛带着疑惑一扬。鲍科特继续道：“如果我们比你们走得更远，或者说走得更快，那都是因为我们继承了你们的成就。人类如今能在这里，是因为对于我们来说，到这里很容易，但那都是因为你们和其他人留下的光辉印迹。”他看着我，又看了看玲。“如果我们能看得更远一些，”他说道，“那是因为我们站在巨人的肩膀上。”

当天晚些时候，玲、鲍科特和我在德伦汀空间站微微有些弧度的地板上漫步。我们仅能在有限的区域内活动，十天之后才能降落到行星表面，鲍科特是这么说的。

“我们在这里是一无所有了。”玲双手插在衣兜里说道，“我们是一群怪人，一群不属于这个年代的人。就像从唐朝穿越到我们那个世界的人一样。”

“娑罗星很富饶。”鲍科特说道，“我们当然能供得起你们和你们的乘客。”

“他们可不是乘客。”我厉声说道，“他们是移民者，是探险者。”

鲍科特点点头，“我很抱歉。当然，你说得没错。但是你看……你们能到这里来，我们真的很高兴。我已经把媒体支走了——检疫隔离给了我很好的理由。但是等你们降落到行星上的时候，他们就会像野狗一样驱之不散了。那种感觉就像是尼尔·阿姆斯特朗或是广重多美子出现在你家门口。”

“多美子是谁?”玲问道。

“抱歉。是在你们的年代以后了。她是第一个登陆半人马座阿尔法星的人。”

“第一个。”我重复了一遍。我猜自己真是不怎么擅长掩饰心里的苦，“第一位，那是一种荣耀……伟大的成就。没人记得第二个踏上月球的人叫什么。”

"小埃德温·尤金·奥尔德林，"鲍科特回答道，"人们一般叫他巴兹。"

"不赖啊。"我说道，"好吧，你还记得，不过大多数人都不记得了。"

"我并不记得，我是读取的。"他拍了拍自己的额角，"直接连入行星网络。每个人都有一套。"

玲长长叹了口气，真是巨大的代沟。"不管怎么说，"她开口道，"我们都算不上先锋，不过就是陪跑罢了。虽然我们率先出发，但你们却比我们先到这里。"

"好吧，那么说的话，是我的老祖宗先到的。"鲍科特说道，"我是第六代娑罗星人了。"

"第六代?"我问道，"移民到这里有多久了?"

"我们不再是移民了，而是一个独立的世界。不过，最先抵达这里的飞船是在2107年离开地球的。当然了，我的老祖宗迁移的时候要晚得多。"

"2107年。"我又念叨了一遍。那不过是"先锋精神号"发射后的第五十六年。我们的飞船开始这趟旅行时，我三十一岁；如果我留下，很有可能亲眼见到真正的先锋们起航。我们当初是怎么想的？离开地球？难道我们不是跑掉？逃跑？逃避？在炸弹落下之前落荒而逃？我们是先锋还是懦夫?

不，不，这些想法太疯狂了。我们离开地球的原因跟晚期智人跨越直布罗陀海峡时一样。那就是我们作为一个物种所要做的。那就是我们为什么能够成功，而尼安德特人会失败的原因。我们要看一看对岸有什么，要看一看山的那边有什么，要看一看别的恒星周围有什么。正是这种力量帮我们征服了故乡行星那辽阔的疆域；也正是这种力量让我们有望成为无限空间的王者。

我转身告诉玲："我们不能留在这里。"

这话似乎让她咀嚼了一番，然后她点了点头，看向鲍科特，"我们不想去做花车巡游，也不想你们为我们塑起雕像。"她眉毛一扬，就像是在强调话中的意味，"我们想要一艘新的飞船，一艘更快的飞船。"她看着我，我颔首表示同意。她指着窗外，"一艘流线型的飞船。"

"你们用它做什么？"鲍科特问道，"要去哪里？"

她注视着我，然后又望向鲍科特，"仙女座。"

"仙女座？你是说仙女座的那个大星系？但那……"随即是一阵短暂的停顿。毫无疑问，他在用网络查询数据，"那可是在220万光年之外。"

"没错。"

"但……但是要耗费两百多万年才能到那儿。"

"这不过是从地球的……抱歉，是从娑罗星的角度来看。"玲说道，"相对而言，我们花费的时间要比这段已经完成的旅程少得多。而且，我们当然是在低温休眠状态中度过所有旅行时间的。"

“但我们的飞船都没有配备低温休眠舱。”鲍科特说道，“因为没有必要。”

“我们可以把舱室从‘先锋精神号’上转移过来。”

鲍科特摇了摇头：“那将是一趟单程旅行。你们永远都回不来了。”

“也不尽然，”我说道，“与大多数河外星系不同，仙女座星系正朝着银河系的方向运动，而不是远离。最终，两个星系将会融为一体，把我们带回家。”

“那可是几十亿年之后的事情了。”

“连想都不敢想，是成不了大事的。”玲说道。

鲍科特眉头一皱：“我之前说过，我们在娑罗星能供得起你们和你们的同伴，这话不假。不过星际飞船很昂贵，我们不能说给就给。”

“那可比供养我们所有人便宜得多。”

“不，不会的。”

“你说你们以我们为荣。你说你们站在我们的肩膀上。如果这话没错，那就回馈一下。给我们一个机会来站在你们的肩膀上，让我们拥有一艘新的飞船。”

鲍科特叹了口气。很明显，他觉得我们是真不明白要满足玲的要求有多困难。“我会尽我所能。”他说道。

玲和我一整晚都在讨论，蓝色和绿色相映生辉的娑罗星就在我们脚下庄严地旋转着。我们的职责是要做出正确的决定，不只是为了我们自己，还要考虑“先锋精神号”上的其他四十八位，他们对我们无比信任，把自己的命运都交在了我们手中。他们想要在这里苏醒吗？

不。当然不会。他们离开地球就是为了寻找一片移民之地，不管他们梦到了什么，都没有理由认为他们会改变自己的想法。大家都对鲸鱼座T星没什么感情，它只不过是一个看上去合乎逻辑的目的地而已。

“我们可以要求返回地球。”我说道。

“你不想那样的。”玲回答，“而且我敢肯定，其他人也一样。”

“没错，你说得没错。”我说道，“他们会让我们继续走下去。”

玲点了点头：“我看没错。”

“仙女座？”我笑道，“这念头是怎么冒出来的？”

她耸了耸肩：“从我脑袋里蹦出来的第一个念头。”

“仙女座。”我又咕哝了一遍，品味着这个词。我记得自己在十六岁的时候，身处加利福尼亚的沙漠中是多么兴奋，当时我第一次亲眼看到了仙后座下面那团椭圆形的东西。那是另一个星系，宇宙中的另一座岛屿——比我们这个银河系大了一半。“为什么不呢？”我陷入了沉默。过一会儿，我忽然说道：“鲍科特似乎很喜欢你。”

玲微微一笑："我也喜欢他。"

"那就别错过。"

"什么？"她似乎吃了一惊。

"如果你喜欢他，就别错过。在我们抵达终点之前，在海伦娜苏醒之前，我是不得不独守空房，但你没这个必要。哪怕他们真的给了我们一艘新飞船，在他们把低温休眠舱搬运过去之前，也还有好几个星期呢。"

玲翻了个白眼，"男人啊。"可我知道她动心了。

鲍科特说得没错：娑罗星的媒体对于我和玲简直太热心了，不只是因为我们这副充满了异国情调的容貌——我是白皮肤蓝眼睛；而玲的肤色挺深，双眼内眦有褶；我们两人的口音都很奇怪，与三十三世纪的人全然不同。他们似乎对我们的先锋精神也很着迷。

检疫隔离结束之后，我们降落在了行星上。气温比我喜欢的稍冷一些，空气稍显潮湿——不过人类当然会很快适应。娑罗星首都帕克斯的建筑出人意料得华丽，到处都是穹顶和繁杂的雕刻。"首都"这个词已经过时了，政府权力完全分散，如今所有重要的事情都由公民投票决定——包括是否给我们一艘新的飞船。

鲍科特、玲还有我来到了帕克斯的中心广场，娑罗星总统卡利·迪泰尔亲自陪同，等候宣布投票结果。整个鲸鱼座T星系的媒体都派来了代表，就连地球都有一家，但他的报道总是要等到11.9年之后才能被读到。熙熙攘攘的现场还有上千名观众。

“朋友们，”迪泰尔向人群张开双臂说道，“你们都已经投了票，现在就让我们一起来揭晓结果。”她的头稍稍一斜，随后人群爆发出震耳欲聋的掌声和欢呼声。

玲和我转身看着鲍科特，他一脸喜色。“什么结果？”玲问道，“他们做了什么决定？”

鲍科特看上去有点莫名其妙，但随即了然，“哦，抱歉，我忘了你们没有植入网络。你们会得到一艘新飞船。”

玲紧闭双眼，长长松了口气。我的心则怦怦直跳。

迪泰尔总统朝我们做了个手势，“麦克格雷格博士，武博士——请讲几句吧？”

我俩相视片刻，然后站起身来。我凝视着人群说道：“十分感谢。”

玲赞同地点点头：“非常感谢你们。”

这时候，记者喊出了一个问题：“你们打算怎么给新飞船命名？”

玲眉头一皱。我抿了抿嘴唇，然后说道：“还能叫什么？‘先锋精神二号’。”

人群再次一片欢腾。

最终，决定性的日子到来了。我们正式登上新飞船的仪式还有四小时才开始——届时所有媒体都将争相报道。但此时，玲和我还是径直走向连接着空间站外缘和飞船的气密舱。玲想要再检察一番，而我想多花点时间在海伦娜的低温舱旁边坐坐，跟她再相处一会儿。

当我们走过去的时候，鲍科特沿着弧形的地板朝我们跑来。

"玲，"他上气不接下气地说道，"托比。"

我点头打了招呼。玲看上去有一点不自在，她和鲍科特在过去的几个星期里浓情蜜意，而昨晚他们又花了一整夜时间道别。我觉得她并不希望在我们离开前见到他。

"很抱歉打扰你们俩。"他说道，"我知道你们很忙，不过……"他看上去很紧张。

我问他："怎么了？"

他看着我，然后又看了看玲，"你们还留有地方给新乘客吗？"

玲笑了起来："我们没有乘客。我们是移民。"

"抱歉。"鲍科特回以微笑，"你们还有地方给一位新移民吗？"

"喔，还有四个备用的低温舱，不过……"她看着我。

我耸了耸肩，说道："为什么不呢？"

“你也知道，那可是很艰苦的。”玲回望着鲍科特，“不管我们到了什么地方，都会很艰苦。”

鲍科特点了点头，“我知道，而且我想成为其中的一分子。”

玲知道在我跟前没有必要忸忸怩怩的。“那就太棒了。”她说道，“不过……不过为什么呢？”

鲍科特试探地伸出手，抓住了玲的一只手。他温存地握住，她也温柔地握紧了一些。“你就是理由之一。”他说道。

玲问道：“你对老太婆情有独钟？是吧？”我不由一笑。

鲍科特大笑起来：“我猜没错。”

“你说我是理由之一。”玲说道。

他点了点头，“另一个理由嘛……好吧，我不想站在巨人的肩膀上。”他话头一顿，然后稍稍抬起了自己的肩膀，就好像是在为鲜有人言的见解发声，“我想要成为巨人。”

他们顺着空间站的通道往前走，一直握着彼此的手，走向那艘光彩照人的优雅飞船。它将载着我们奔向我们的新家园。

THE FLAMINGO GIRL

*by*

Brad R. Torgersen

▽

# 火烈鸟女孩

[美] 布拉德 · R.托格森 著 / 艾德琳 译

布拉德 · R.托格森，美国科幻作家，代表作有“牧师的战争”系列，曾多次获得坎贝尔奖、星云奖和雨果奖提名，是《类比》杂志的主打作家。

# 1

埃尔维拉约七英尺[1]高，是一只娇美的裸鸟。她周身萌发的纤细羽毛宛若一袭柔软华丽的亮粉色羽衣，一眨不眨的双眼正惊讶万分地注视着天花板。在她所躺的那张床上，缎毯与枕头乱成一团，让人看不出来她曾经与谁做伴，或者为什么这个人会对她犯下残忍的谋杀罪行。

“索托先生。”[2]我身后有个声音响起。我转过身去，看到另一个七英尺高的美人，是只绿鹦鹉。她焦躁不安的双翅弯曲发皱，宝石蓝的眉毛低垂，露出恐惧的目光。我抬头看着她的脸——我们这些未经改造的人类一般都比她这样的特殊人类矮一些——问她需要什么帮助。

“其他女孩都很不安，先生。”她说，“她们想知道究竟发生了什么。阿奎特夫人让我来问问你应该怎么跟她们说才好。”

“请问你是？”我问。

---

1. 约为2.1米。

2. 原文为西班牙语。以下所有“先生”“夫人”等称谓，原文都是西班牙语。

“我叫约瑟芬娜。”绿鹦女说。

“你可以跟她们说埃尔维拉已经死了。等市殡仪馆把尸体拉走，你们就可以让清洁工进来打扫这间火烈鸟套房了。”

“你们不打算调查一下吗？”

“这个得由警方决定，他们很快就会赶来。我猜他们可能会询问几个人，所以最好确保在此之前没有任何一位客人离开。”

实际上，警方根本就不会理睬这种特殊人的死亡案件。他们也不可能审问任何人。“艾黎之巢”会所是好莱坞大道上最繁华的所在之一，而这座城市的执法部门获得的预算简直少之又少。我和其他三个人啼笑皆非地通过测试成了“艾黎之巢”的警卫——就因为我们的编制足够正式，阿奎特夫人的成人生意才能名正言顺地获得大洛杉矶商务局的许可。

“夫人肯定会不高兴的。”约瑟芬娜说。

“我之前警告过她两次，让她别再削减自己的私人安全开支，也许她该早点儿听我的。现在好莱坞大道上所有响当当的成人生意，所雇用的警卫都是我们的三倍。”

约瑟芬娜的翅膀剧烈地沙沙作响。

“你瞧，”我对她说，“我很遗憾没办法再帮忙了。真的很遗憾。”

我想从约瑟芬娜旁边走过去，她展开一边翅膀挡住了我的路。

“但你以前当过警察。”她气得发抖，“你有相关经验，所以才找你当警卫的。如果你现在不能帮忙，那找你来还有什么用呢？”

我退后一步，看清了她眼中的怒火，感觉自己五十年来积压的沉重压力此刻全部落回了肩上。自从来到“艾黎之巢”后，我每天都会问自己十次同样的问题。曾几何时，我是长滩大都会的一个好好警察。但是卡尔丽塔离开了我，她带走了孩子们，还卖掉了房子……所有那些维系我与长滩之间的纽带都已经消散了。我很早就选择了退休，又立刻找了一份可以不必真正负责的工作，尽量远离了卡尔丽塔。

我只是看着约瑟芬娜，同情地皱起眉，“警察很快就会来了，他们会处理这事的。这不在我的职责范围之内。”

她最终收回了翅膀，小颗小颗的眼泪弄脏了她眼睛周围的石灰色眼影。

“这样吧，”我说，“你要是真的想找出凶手，不如给警察们提供一点儿可以追查的线索。我知道夫人有关于客户资料保密的内部规定，但我觉得这次应该有个例外。城市企业管理条例会说他们没办法让夫人把她的记录交出来，认识这个女人这么久，我也怀疑她会不会为了一个死去的女孩而牺牲自己的名声……”

“我会帮警察找到他们需要的东西。”约瑟芬娜说，她突然站直了身体。

“你不打算让夫人知道吗？”我问。

“她知不知道又关你什么事呢？”

是，我必须承认，这确实不关我的事。

“你把这件事看得太认真了。”我说，“埃尔维拉是你的朋友吗？”

“不，索托先生，她是我妹妹。”

## 2

二十四小时后，我收到了一条约瑟芬娜发来的短信，让我去西好莱坞跟她见面。没说为什么，只说她迫切需要我，后面还附着一个地址。我先去了那儿附近一家我所在的安全公司的分支机构打卡，就近吃了一顿时间超长的午餐后才下班。

约瑟芬娜的公寓在大都会里一个叫作“特区”的地方。大部分生活在大洛杉矶的特殊人都喜欢聚集于此——这里每个人都同样怪异。外面的人行道上到处都是既会走路又会说话的猫、狗、鸟、狼、兔子甚至“四不像”，这类特殊人改造了自己的人类DNA以求获得多类物种的特征。

进入这个街区，我旁边走过去一个皮毛条纹很像臭鼬的男人，还好他身上没有那种臭气。如果他真的很介意一个“正常人”——特殊人对除他们以外所有人的称呼——正走进他的公寓大楼，那至少他没有表现出来。

我坐电梯上了十楼，找到了1036号的门，按了门中间的小按钮，等着按钮里面的那个小摄像头打量我。

门把手咔嗒一声，我被邀请进了约瑟芬娜的家里。真是个很小的地方，我见过的学生工作室都要比这里大一点儿。但是房间很干净，闻起来有些生姜和橘皮的味道。

“先生。”她毕恭毕敬地说。我摘下太阳帽，对她点了点头。

她立刻把一个U盘递到我手里。

“都在里面了。”她平静地说。我注意到她穿了一件传统剪裁的素色连衣裙，露背的设计给她的双翅留出空间，而且她没有穿鞋。她的脚和脚踝同她身上其他部位的颜色一样，都是鲜亮的绿色。

“这是什么？”我问。

“我想交给警方，但他们不收。没人在意埃尔维拉的死。”

“我跟你说过了，我——”

“拜托了，索托先生。”约瑟芬娜坚持说，“没人肯帮我了。只有你。求求你了！我没有多少钱，但是我愿意付钱给你。我可以——”

我抬起一只手，又求饶地摆摆手。

"在你准备给我钱之前，先告诉我这里面究竟是什么东西吧。"我说。

"这是埃尔维拉在'艾黎之巢'工作的时间表。"

"上面还有名字？都是约过你妹妹的人？"

"是雇过她的人。"约瑟芬娜纠正我，"没错，就是这些人。"

"我应该只需要知道被谋杀当晚她见过哪些人。"

"但那天晚上她出去了，当晚也没有任何人租用房间或者雇用埃尔维拉的记录。"

"那她到底在那个房间里干什么？"

"我不知道。"约瑟芬娜看着地板说。她的翅膀开始颤抖。

我把U盘放进衣袋里，用双手握住她的右手——我手掌里的纤细羽毛感觉就像水貂毛，但还要更柔软些。

"那不是你的错。"我说。我回想起自己还在大都会的时候，曾经遭遇过几乎一模一样的场景。那时我不得不半审问半安慰一个刚刚在帮派摔跤场上死了儿子的可怜母亲。

"当然是我的错。"约瑟芬娜说，"是我出主意让她来'艾黎之巢'的，也是我把她推荐给夫人的。一开始她不太敢做个特殊人，是我劝她去的。自从我选择成为一个特殊人，爸爸妈妈从未原谅过我。埃尔维拉来和我一起工作之后，他们就更恨我了。我现在都不知道全家人到底还能怎么恨我。"

"那你最开始为什么会选择留在'艾黎之巢'呢？"

“这是我最好的选择了。”

“难以理解。”我说。

“索托先生，你来自东洛杉矶吗？”

“不是土生土长的。”

“但你是墨西哥裔？”

“我在奥克兰的西班牙语贫民窟长大。十七岁就参军了。退役后又搬到了南面，加入了警察学院。”

我还记得我把自己成为大都会警察这件事告诉妈妈的时候，她哭了。但是我参军的时候她也哭过，我几个兄弟离家出走的时候她也哭了。至少对于我来说，她知道我在哪里，知道我在做什么，这样就够了。但她还是担心得要命，无论我是在海外讨生活还是在加利福尼亚当副总统，无论是追查二级盗窃案还是跟着一只小型军队四处剿匪——在她看来，我都难免会弄伤自己。

我喃喃自语了几句。

“我的妈妈简直就是以贫穷为荣。”约瑟芬娜说，“我们家整整五代人都生活在东洛杉矶，一直住在那个小破屋里。但埃尔维拉和我痛恨那种生活。我们想要过上好日子。但是在东洛杉矶上学又有什么用呢？对于你来说，参军就是你通往新生活的康庄大道。对于埃尔维拉和我来说，我们只是两个长相普通，又没受过教育的女孩……”

我点了点头表示理解——至少暂时的理解。

"不管怎样吧，我先找了份清洁工的工作。他们派我到处去打扫。有天，我去了比弗利山庄阿奎特夫人的家。我从来没帮特殊人干过活儿，更别说是有钱的特殊人了。她跟只孔雀差不多，你知道吧，既漂亮又大气。我问她这是怎么回事，她就把变成特殊人的过程告诉我了。如果一个女孩愿意变成特殊人，并且为'艾黎之巢'工作，那夫人就会帮她付清所有手术费用。她可以慢慢还清这笔钱和利息，那之后挣的钱都归自己了，只是除去房费。"

"但其实你也可以自寻出路——"我说道，但是约瑟芬娜打断了我。

"您看看我，先生，"约瑟芬娜走了几步，张开翅膀，挤满了这个小公寓，她沙漏形的轮廓在连衣裙的薄织物衬托下显得更加曼妙。"为了一小时，情愿一掷千金。我们的客户都是这座城市里最有钱的那帮人，其中想要尝试特殊体验的，简直就是趋之若鹜。如果是以前的我，一个来到长滩的普通女孩，又能挣多少钱？怎么能跟我现在比呢？"

确实比不了，我必须承认。

约瑟芬娜放下翅膀，折起双翼。

"我不想再做个普通女孩了。"她说，"我想要彻底蜕变成另一个人。我希望有一天能够挣到足够的钱，自己离开洛杉矶，再也不回头看，再也不需要别人的帮助，也不用……也不用带着这段记忆走。"

“想从特殊人变回正常人，至少要花两倍的钱。”我说。

“我不在意。等到我赚够了钱还给夫人，我就会一直努力工作直到攒够钱去做逆转手术，然后离开这里。埃尔维拉来找我的时候，我把我的这个计划说给她听了。她也想跟我一起，但是我们两个人的手术费用加在一起实在太贵了，所以我告诉她要自己想办法负担些费用。”

约瑟芬娜停了下来，用手捂住脸哭了起来，她的翅膀微微颤动着。

我感觉自己脸红了。

“我早就说过了，只靠四个安保人员，阿奎特夫人肯定少不了麻烦。”

“你本来不用来的，但你还不是来了。”约瑟芬娜说着，用鼻子哼了一声。

“你别误会，我不认识你妹妹。”我说，“但我也不想看到有些人杀了一个年轻姑娘还逍遥法外。”

她好像接受了这个表面上的解释，虽然这个解释挺差劲的。

“我没办法向你保证什么。”我说。我把手伸进兜里，感受到U盘冰凉的外壳，“我只能说我会先看看。”

“你尽力就好了。”约瑟芬娜突然说，“总比什么都不做的强。”

“当然了，女士。”我伸出手，她握了握。然后她迅速俯身，啄了啄我的脸颊。

已经多久没有一个女人——不管是正常人，还是特殊人——像这样亲吻过我的脸了？我觉得我又脸红了，赶紧低声道了句再见，逃进了走廊。

## 3

这个U盘里面包含了埃尔维拉所有的业务日志——她在特殊化手术出院之后的每一单生意都有记录。日志的标题就叫“火烈鸟”。我见过夫人几次，感觉除了夫人给的任务之外，埃尔维拉并没有做过别人的生意，她只不过是完成了本职工作而已。

虽然有名字，但是真正重要的数据都很难找到。所有有关金钱交易的信息都被删除了，也没办法判断这些客人是本地人、名人，还是少见的游客。就算这份时间表里确实包含了埃尔维拉能提供的所有细节，其中有关客户服务和客户需求的内容——除了我已经知道的关乎案情的那些——也都没有了。

而且约瑟芬娜说得对。埃尔维拉生前最后一天的行程完全空白。实际上，她生前最后一周的信息都已经无处可寻。

我回到“艾黎之巢”，坐在我的办公桌旁仔细思考了一会儿。如果夫人发现了我手上有这份信息——为了保密，我们这些警卫永远都不可能有权限访问日程安排软件——那我要丢掉的就不只是我的饭碗了。我迅速把日程表转成文本，又把原来的日程表删除了，只在约瑟芬娜给我的U盘上保留了ASCII格式[1]的名字和时段。约瑟芬娜接下来的一周都不用上班，夫人能允许她这样做也算是非常可观的让步了，尤其是在目前这种情况下。所以我继续我的日常工作，只是抽空才探进女人们的住房，问一两个不相关的问题。

人人都说埃尔维拉和别的特殊人之间没有什么纷争。实际上，她们中的很多人都为这个女孩的死而伤心，也为她姐姐难过。大家正在帮忙筹款——我也捐了我那一份——她们还计划等约瑟芬娜回来开工的时候，大家一起为埃尔维拉默哀。除此之外，“艾黎之巢”会所还是照常营业。客人们来了又走，他们在富丽堂皇的接待处小声而又简短地谈话——他们往往藏在兜帽和墨镜后面，或者想尽办法隐藏自己的脸，躲避探询的目光。

我从墨镜后面观察着这些顾客来来去去，发现当客户和特殊人进房关门之后，对于里面发生了什么事，我其实一点线索都没有。噢，当然，我有很多比较靠谱的猜测。“艾黎之巢”有

1. 基于拉丁字母的一套电脑编码系统。

三分之二的女性特殊人和三分之一的男性特殊人，就算他们真的要“谈点正事”，那也只限于他们之间，绝不会传到我这种正常人的耳朵里。

无论从哪方面看，我和其他三个警卫都如同摆设，跟墙纸或者橱窗模特差不多：除非有人叫我们——平时也没什么人会叫我们——否则我们都离得远远的。特殊人也这样对我们敬而远之，而客户们来去都尽量低调。

我检查了一下约瑟芬娜给我的名单。这些人我一个都不认识，但我也说不准这些到底是不是真名。顾客很有可能使用假名，这也就是为什么警察们从一开始就不想要这份名单。要一些假身份有什么用？

约瑟芬娜回来工作了。我们都没把我去过她家这件事泄露出去。

我又花了一周来研究名单，直到我发现有一个名字多次出现在预约中，却突然不再出现了。

我在短信里把这件事告诉了约瑟芬娜，问她知不知道这个名字，或者埃尔维拉有没有谈到过这个特别的客户。约瑟芬娜又发短信邀请我去她的公寓，这次是晚饭时间。

## 4

“我不知道她的真名是什么。”约瑟芬娜说。她给我端来一盘辣椒洋葱烤牛肉。我充满感激地吃完了，从上午到现在，我就喝了一杯黑咖啡。

“你说这是个女人？”我惊讶地问。

“她是个正常人类，白人，四十多岁。”

“埃尔维拉谈到过她吗？”

“没错，因为这个女人找她不是出于性目的。”

“这很不寻常吗？”

“时有发生。有些客户喜欢待在特殊人身边。他们觉得我们特别奇妙。”

“这个女客户也是这类人吗？”

“是。她会预约埃尔维拉的两个时段。很显然，她喜欢真的火烈鸟。她和埃尔维拉会一起坐在套房的床上，那个女人……她会拍拍埃尔维拉的翅膀，然后谈论自己的生活——她忙碌的中层管理工作，她长大的儿子，还有她的前夫。她前夫明显是发现了她的这项癖好，发现她还偷偷挪用家里的钱去探索特殊人世界，所以才跟她离婚的。她肯定是在网上找到了‘艾黎之巢’，所以当阿奎特夫人把‘火烈鸟套房’放到网上时，她立刻就预订了。”

“那她为什么又突然不来了呢？”

“我也不知道。”约瑟芬娜说。她小口啄食着自己的食物。

“如果这个女人花了这么多时间跟埃尔维拉谈心，你妹妹有没有也跟她谈点什么呢？比如说她自己的生活？”

“我不知道，但我也很好奇。埃尔维拉才二十岁，小到可以当她女儿了。埃尔维拉确实容易轻信别人。”

“埃尔维拉会不会跟这个女人说了些什么话，连你也没告诉过的？”

“你这话是什么意思？”约瑟芬娜手里的叉子停住了。

“我不是质疑你和你妹妹之间的关系。只不过我的经验告诉我，兄弟姐妹之间无论有多么亲密，也不会把心里话全部告诉彼此，不管他们是不是有心隐瞒。大家常说，一个男人可能会对酒保吐露心事，但绝对不会向自己的妻子说起。这个女客户是个大大的问号。关于埃尔维拉的死，她可能知道些对我们有用的东西。”

“说到这个，”约瑟芬娜说，“警方告诉我，埃尔维拉的死因检测还在等排期。平时也要等这么久吗？”

“没有明显的外伤。”我说，“案情可能会变得比较复杂。

我给验尸官打过电话，礼貌地询问了一下。埃尔维拉是个年轻又健康的特殊人，肯定是有人对她下了毒手，这一点是很清楚的。这个人究竟用了什么手法就另当别论了。你先耐心点儿吧。不过话说回来，你有办法找出这个女客户的真实身份吗？她还来光顾过别的特殊人吗？男女都算。”

“我今天晚上工作的时候试着打听一下吧。”

我们相互沉默了几分钟，只是嚼着嘴里的东西。

“如果你的女儿跟你说她想做手术变成特殊人，你会有什么反应呢？”约瑟芬娜问。

现在轮到我手里的叉子蓦地停住了。我的安吉拉十五岁了，和她妈妈卡尔丽塔一样倔强任性。去年，卡尔丽塔让安吉拉过来跟我一起度过了一个夏天，虽然我真正想见的是我的小儿子亚当。因为我很快就发现安吉拉是个马路杀手，还害我的车报废了整整三个月。等回到她妈妈身边的时候，她充满怨言，但我却感谢上帝。我试着想象了一下两年后安吉拉出现在我门前，不知道把自己改造成了一个什么东西。嗨！爸爸！是我呀，你女儿！

约瑟芬娜肯定是看出我打了个冷战，因为她放下叉子擦了擦嘴，然后迅速站起来。

“你现在可以出去了。”

“等等，很抱歉，我——”

“我会找出那个白人女客户的。晚安，先生。”

我盘子里的东西还没吃完，只能笨手笨脚地站起来离开了。

## 5

我掺和进来完全就是个错误，这一点是肯定的。

如果换成一个聪明人，肯定就离开“艾黎之巢”去找别的工作了。但是约瑟芬娜让我感觉很羞愧，现在我又觉得有些亏欠她，虽然我也说不上来究竟亏欠她什么。可能是我觉得自己有必要帮她解决这件事吧。我不能扔下她就走。这样做未免也太不男人了，虽然我从很久之前就已经不再标榜自己的男子气概。不管她上次问我的时候有没有意识到，但我绝对不会任由一个年纪小我一半的姑娘去做特殊化手术。我又熬过了三天的轮班，直到发觉自己的下班时间好像跟约瑟芬娜差不多，我又一次去了她在西好莱坞的公寓。

一开始没人应答，我都准备转身回家了。

但是门突然打开了，约瑟芬娜迟疑地站在门后。

“怎么了？”

“验尸官给了我一份埃尔维拉的尸检报告。”我说。

“所以呢？”

“所以我真觉得你不如放我进去，我们坐下来细说。”

约瑟芬娜仔细看了我一眼，似乎在揣测我的用心，然后才把门完全打开，让我进入她的私人领域。房间里不像上次那么干净了。我打赌，自从我上次来之后，她就没再打扫过。我上次吃饭的盘子还扔在厨房水槽里，半浸泡在冷肥皂水中。

“你说吧。”约瑟芬娜说，差不多是命令的口吻。

“她死于几乎立刻发作的过敏性休克，”我说，“是浓缩蜂毒导致的。”

“她被蜜蜂蜇了吗？”

“不是。警方在她脖子上发现了一个小型的穿刺伤口，可能是由中空的微型管状物造成的，塑料尖端断在皮肤下面了。你知道她对蜂毒过敏吗？”

“是啊，我们全家都知道。她小时候被蜜蜂蜇过，要不是及时送到急诊室，她很可能就死了。”

“除了你们两个之外，还有谁知道吗？”

“我也不清楚，应该就是东洛杉矶的几个亲戚朋友知道。”

我挠挠头，想了想。

“所以现在警方会当谋杀案来调查了？”约瑟芬娜问。

“档案会被送到谋杀科去，谋杀科会发现这只是个好莱坞大道上的特殊人死亡案件，然后这份档案就会被渐渐遗忘了。”

“他们怎么能这样?”约瑟芬娜捏紧了拳头，翅膀抽动着，“我的老天，她也是个人啊!”

“大都会辖区每天要追踪上百起潜在的谋杀案，”我说，“大洛杉矶地区每年死的人比军队全面入侵巴基斯坦时死的人还多。警察会根据案情的难易程度和受害者的身份地位来决定处理案件的先后顺序。我不想这么说，但是有关特殊人的案件可能都不会登记在案。很多警察甚至都不把你们当作人类。”

“你还不是一样!”约瑟芬娜吼道。她气坏了。

我的脸红了，“我的老天，很抱歉我那天晚上表现得像个傻瓜，这样行了吗？好吧，好吧，你问我如果我女儿做了特殊化手术回到家，我会很激动吗？不，我不会，坦白说，我肯定吓坏了。”

约瑟芬娜背过身去，但我抓住她的双臂，强迫她转过来看着我——这可以说是一个不小的壮举了，鉴于她比我高十二英寸[1]，又比我年轻二十多岁。

“但她始终都是我女儿。”我说。我用全部的真诚，对上约瑟芬娜愤怒的目光，“无论安吉拉变成什么样，我都会全心全意地爱她。她是……她是我仅剩的最珍贵的东西。她，还有我的小儿子亚当。”

约瑟芬娜的嘴唇颤抖着，眼中涌出的泪水从她脸颊的羽毛

---

1. 大约30厘米。

上滴落，落在我外套的翻领上。

她跪倒在地，双手握拳抵在我的肚子上，埋在我胸前痛哭起来。我几乎是条件反射般地用双臂搂住她的头，再次惊叹于她头上替代头发的那些羽毛竟然如此的柔软。我发现自己正在用西班牙语低声呢喃，就像安吉拉和亚当两个人从噩梦中尖叫惊醒时，我安慰他们那样。约瑟芬娜修长的手臂在我背上绕了一圈，压得我几乎喘不过气来。我抱着她的时候，她的翅膀沿着背脊本能地轻轻颤抖。

“我们会把杀埃尔维拉的凶手揪出来。”我说，“我向你保证。”

## 6

约瑟芬娜晚上去上班了，而我回到了卡尔佛市的家里。我先给卡尔丽塔打了个电话，但她没接，给安吉拉打电话也是这样。我倒在床上，感觉筋疲力尽。我一直在想关于那个喜欢火烈鸟的女客户的事情，直到睡意将我吞没。

第二天早上，我回到了“艾黎之巢”，准备开始又一天的打探，这时候另一个警卫没好脸色地走过来，让我赶快去阿奎特夫人的办公室报到。很明显，我惹上麻烦了，于是我做了个鬼脸，径直穿过大楼，来到顶层的办公室套房，这个地方平时被我们警卫私下叫作“巢穴”。我敲了敲双层磨砂玻璃门，它把阿奎特夫人的世界与外面的现实完全分隔开了。

门打开了，电动铰链嗡嗡作响。

我看到约瑟芬娜站在阿奎特夫人的办公桌边，低头看着地面。她没有看我，阿奎特夫人却用猎鹰俯冲般凌厉的目光扫视着房间。除了一身羽毛之外，阿奎特夫人完全赤裸，她的胸口点缀着蓝色与紫色的斑点。

“进来吧，索托先生。”夫人用她那独特的法国口音说道。

我走进去，发觉之前从没有真正到“巢穴”里面来过。这里三面墙都是玻璃，映出这座城市的阴霾与喧嚣。从西边的落地窗里能看到洛杉矶云层堆积的金属色天空，在清晨的阳光下熠熠生辉。夫人清了清嗓子，我只好把目光从这幅令人惊叹的景象中收回来。她伸出一只纤纤羽手，仪态万千地指了指办公桌前那张巨大的皮椅。

我带着目的性，慢慢坐在了那张椅子上。

“索托先生，”夫人说，“约瑟芬娜偷偷查阅时间表时被抓住了。合同规定，所有员工严禁查阅其他员工的工作时间表。我们的客户需要最严格的保密。你对这件事有什么建议吗？”

“夫人，”我说，“约瑟芬娜完全是受我的指使。对违反公司规定这件事，我会承担全部责任。”

阿奎特夫人只是看着我，然后从她的座位上站了起来——她的双翅闪耀着绿翡翠与蓝宝石般夺目的光泽——然后绕过她的办公桌，走到我身边站定。

“你在私下调查埃尔维拉的死。”夫人说。

“是的。”我回答道。

“如果有人知道我们的客户信息被泄露给了安保公司或者警方，那‘艾黎之巢’就完蛋了，这一点你很清楚吧。”

“是的。”

“我甚至还可以对你和约瑟芬娜这种严重失职和违反合同的行为提起民事诉讼，对此你又有什么话说呢？”

我伸出手，掌心向上，说：“您该做您认为正确的事，夫人。”

她低头看着我，眼中燃烧着明亮的怒火。然后她转身，快步走到落地窗边，望着外面的城市，她的厚底松糕鞋在仿木地板上发出咔嗒咔嗒的声音。

“埃尔维拉不是第一个死在这里的女孩。”她就好像在说给“艾黎之巢”顶层外的风景听，“在你来为我工作之前，索托先生，我一直在设法妥善解决这种事，但是在法律上遇到了很大困难。发生了这种事确实很不幸，但是我花了二十年白手起家，不可能允许被这些小事毁掉一切。”

“死的是约瑟芬娜的亲妹妹。”我说。

“对啊，我知道。”夫人说。

“这对你来说就什么都不算吗?”

“你把我当成什么了，冷血动物吗?”夫人说。她转过身来面对着我，翅膀绷紧了，沙沙作响。我没有不假思索地给出回答。

“我把你当成一个非常专注的女商人，这个女商人可能让她的底线成为某些观点的绊脚石，尤其是对于你的雇员来说。”

她似乎在揣度我的回应，舌头在脸颊内侧游走。

“如果我确实忽视了这些观点，就像你说的那样，先生，那么你又准备怎么办呢?”

“我只需要一个人的信息，她曾经多次来找埃尔维拉，又突然不来了。”

“约瑟芬娜已经跟我说过了。我知道你说的是谁，但她是社会地位最高的客户之一，她绝对不能卷入其中。”

“但她可能知道卷入其中的还有谁。”我说。

“那么，当你这个假扮的调查员出现在门口的时候，客户又会怎么想呢?‘艾黎之巢’在这座城市里有坚不可摧的声誉。我们的客户需要最大程度的隐私。稍有不慎就会全盘皆输。”

“那我要是去找比弗利山庄的媒体，不偏不倚地说句公道话，让他们可以到处谣传‘艾黎之巢’允许杀人凶手在自己的地盘上随意来去，”我说，“您觉得这样对您那极佳的声誉又会有什么影响呢?”

阿奎特夫人冷冷看了我一眼。她转向约瑟芬娜，“你出去吧。别再参与这件事了，否则我就会把你赶出去。千万不要告诉任何人任何事，你明白了吗？我现在只需要跟索托先生谈了。”

约瑟芬娜快步走出了房间。

夫人走过来，坐在磨砂玻璃桌的边缘。

“你年纪大了，又饱经世故，为什么要帮一个陌生的小女孩？”

“总有人要这样做这些事的。”我回答道。

“为什么？”

“因为有些事情比别的东西更重要，有时候你不能转过身就当事情没发生过。约瑟芬娜就不能坐视不理，因为死者是她妹妹。”

“那你选择帮助约瑟芬娜，是不是因为……还有些我不知道的好处？安保人员不能和工作人员搞在一起，这也是违反规定的。”

“请注意你的言辞！”我厉声说，“她那么小，都可以当我女儿了。而且如果你当时肯听我的话，不再削减安全人员配备，那埃尔维拉也许现在还活着，我们现在也不必在这里说这些了！”夫人的双眼第一次看向了地面。

“埃尔维拉死了，我也很难过，不管你对我有什么看法。”

“那就证明一下。”我说，“给我线索，让我可以继续追查下去。如果什么都查不出来，那就是我的问题了。但我至少还有一个老警察的直觉，而且我需要您的帮助才能继续。来吧，夫人，让我知道您一直吹捧的‘艾黎之巢’的声誉并不仅仅事关金钱。”

她的目光在地板上停留了很久。然后起身绕到桌子的另一边，坐回到她的椅子，无声地向电脑里输入了一些指令，等着旁边的小型打印机吐出一份拷贝文件。

夫人把那张复印件递给了我。

“滚出我的办公室吧。”

我看了看那张纸，然后从椅子上跳了起来。

“我的荣幸。希望您度过愉快的一天，阿奎特夫人。”

## 7

夫人说得对。这个喜欢火烈鸟的女人来自比弗利山庄的上流社会世家。我还是不知道对方的真名，但我拿到了她的地址还有联系信息。跟丈夫离婚并没有给她的生活带来很大的影响。他们两个都来自富有的家庭，她还保留着一处非常重要的地产，但是我很难偷偷溜进去。所以我想了个最好的办法。我给她发了一条匿名短信，留了一个公共图书馆的地址，还附有一张火烈鸟的图片。接着我来到弗朗西斯·霍华德·戈尔德温分店，在约好的时间和地点等她前来。

她没有让我失望。她身上定制的女士西装和昂贵的墨镜，把她与旁边那些站在楼梯上排队和坐在电脑终端前的工薪阶层读者截然分开了。我站在角落里，旁边摆着一本很显眼的奥杜邦关于火烈鸟科研究的精装本。是我先看见她的，她也看到了我手里这本书的封面，便小心翼翼地走过来坐下。

“你是谁？埃莉出什么事了？”

“我是她家里的一个朋友，”我说，尽量和她一样放低声音，“很抱歉地告诉你，埃莉已经死了。”

女人猛地捂住嘴，另一只手上的小包差点儿掉在地上。

“我的天！”她看上去真的吓坏了。

“我需要你的帮助。”我接着说，“我以前是个警察，现在正在帮埃莉的家庭私下处理这件事。我希望你能谈谈她还在‘艾黎之巢’时你们的最后几次对话。你最后几次去见她的时候，她有没有表露出在害怕什么人？”

“我不觉得。”女人说。她缓缓摘下墨镜，从包里拿出了手帕，眼泪开始顺着她的脸颊流下来。

“她有没有提到过工作中的谁呢？会不会有人骚扰她？”

“没有。”女人说。

“你和埃莉之间有什么矛盾吗？或者，有没有发生过激烈的争吵？”

“我们不会吵架的。埃莉她……很纯洁，很美丽，比我见过的任何生物都要更美。优雅而富有诗意，但又年轻活泼……先生，我真的不知道怎么跟您解释……”

“我姓罗德里格斯，”我说，“来自千橡市的洛斯塔托斯公司。”

“我从没听说过。”她说。

“我们是个小公司，知名度不高，这样才能尽可能低调。请记住，今天的对话是绝对保密的。”

她点点头，用手帕轻轻擤了擤鼻涕。

“所以完全没什么异样？”我说，“什么都没有？”

“没有。”

“那你为什么从上个月开始突然不再见埃莉了？”

女人又擤了擤鼻涕，整理好自己的思绪。

“我是为了她好，才不去见她的。我担心自己会越界。如果我自己不抽身出来，会毁掉埃莉的。我没办法那样做。所以某天我下定决心不再去见她了。”

“那你之后就再也没见过她了？”

“没有了。”

我向后靠在椅背上，思考着还能再问些什么。

“罗德里格斯先生，你说谁会伤害那个女孩呢？”

“我也不知道。”我实话实说。

我们又坐了好一会儿，那女人一直看着桌面。然后她抬起头看着我，双眼通红，满是悲伤。

“有一件事。”她说。

“怎么?”

“我最后一次和埃莉在一起的时候，她看起来有些心烦意乱，一副很困扰的样子。我问她怎么了，她说她哥哥从东洛杉矶打来了电话，要她回家。她说他们在电话里吵了一架，但她又一笑了之，好像那并不是什么大事。她和她哥哥一直关系很差，至少她是这么说的。”

我把这件事记在心里，等着女人继续说下去。

但她没有再继续说，最后我站了起来。

“你帮了大忙。”我说，“如果你又记起了什么事，就通过这个号码联系我吧。”

我给她一张白色卡片，上面写了一串数字。

“再强调一次，今天的对话我会绝对保密。”我向她保证。

她收起了那张卡片，戴上墨镜。

“罗德里格斯先生。”她说。

“怎么了?”

“如果你找出了真相，请告诉我好吗?”

“我保证。”我说。我是真心诚意的。

# 8

约瑟芬娜的公寓比上次还要乱。

“安东尼奥和埃尔维拉从来没吵过架。”她端给我一杯低糖热咖啡。那时还是清晨，她正打算上床睡觉，而我正准备回“艾黎之巢”去。

“那个女人说他们关系不好。”我告诉她，“你也说过，埃尔维拉离家做手术之后，家里人不知有多么恨你。”

“对啊，但我希望他们恨的是我，而不是她。”

“他们会恨你们恨到杀人的地步吗？”

“我从来没想过……”

“但是？”

“但是上一次我和爸爸通话的时候，他说我在他眼里已经是个死人了。”

“那你哥哥呢？”

“安东尼奥和爸爸的关系很好。有其父必有其子。”

“安东尼奥现在在哪里呢？”

“他离开家之后，找了份农场的工作。”

“你有地址吗？”

“我没有，但我爸妈肯定有。”

“那我该去找你爸妈谈谈了。”

“别！”

“他们的女儿死了。这座城市已经发布官方通知了。如果我的女儿被人谋杀，我肯定希望有人来告诉自己是怎么回事，或者是谁干的。”

“你别去。”她坚持说。

“约瑟芬娜，你真的想找出杀害你妹妹的凶手吗？”

“当然了。”她说。

“那就让我查到底吧。”

## 9

东洛杉矶的贫民窟不像奥克兰的贫民窟一样是个地狱。在过去的一百年中，密密麻麻紧挨着的二十世纪中期廉价住房迎来送往了一波波穷人。

我在那间小平房前停下脚步，它跟我成长的那间房子并无二致，尽管阿吉拉尔夫妇年纪更大些，但他们就是我父母原本应有的样子——如果我父亲没有英年早逝，留下我母亲独自一人苦苦支撑的话。

夫妇俩把我当成了一个市政官员——我没有确认，也没有澄清这个身份——他们把我请进了前厅，给我倒了一杯冷水。

“我就不该放她走的，”当我谈起埃尔维拉的时候，阿吉拉尔先生说，“有她姐姐背叛这个家庭就已经够糟糕了。”

“你跟埃尔维拉的姐姐闹翻了？”我假装什么都不知道。

“她就是个变态！”阿吉拉尔先生说，“离家出走，把自己搞成了一只动物，还去接待有钱的外国佬！太恶心了！”

他们端来的亚力克杯子上满是划痕，我晃了晃里面的冷水。

“很抱歉你和你的女儿没能和好如初。”

“你这话说得也太客气了。”他哼了一声。

阿吉拉尔夫人伸手拉住丈夫的肱二头肌，递给他一个心领神会的眼神。

“我们的两个女儿都跑掉了。”她说，“如果我们没能表现得足够礼貌，那就只好请您原谅了。”

“可以理解。”我说完，吞了一口冷水。

“但我们至少还有安东尼奥。”她说。

“你们的儿子？”

“对啊，他已经从圣克拉拉市回来几个月了。他赚了些钱，现在我们要帮他重回学校了。”

“他在圣克拉拉市做什么？”

阿吉拉尔夫人领我走进厨房，从冰箱顶上取下一个玻璃罐，里面是一些金色的黏液。“他是养蜜蜂的。”

我愣住了，费了好大工夫才明白过来。

她把那罐蜂蜜递给我，我试探性地举起来，非常谨慎地斟酌我要说的下一句话。

“埃尔维拉的确切死因，验尸官告诉你们了吗？”

“那有什么关系吗？”阿吉拉尔先生说，“我收到通知，直接把它揉成一团烧掉了，我根本就没打算看一眼。埃尔维拉跟她姐姐走的时候，她在我心里已经是个死人了。”

我小心翼翼地把玻璃罐放回冰箱顶上。

“阿吉拉尔先生，”我说，“安东尼奥回来之后，有没有去看过他妹妹？”

“没有。”他说。

“你确定吗？”

“那当然……我无法想象他会那么做。”阿吉拉尔先生眯起眼睛，“你什么意思？”

“如果你们读了验尸报告的全文，就会知道埃尔维拉死于注射蜂毒。”

他们两个都僵住了，眯着眼睛看我，然后恍然大悟地瞪大了眼睛。

“臭警察……”[1]阿吉拉尔先生吸了口气。

砰的一声，后门开了又关。楼梯上传来了沉重的脚步声，一个瘦削的年轻人出现在厨房另一边的门口。

阿吉拉尔夫妇盯着我看了一会儿，又转向他们的儿子，然后转回来看着我。安东尼奥的笑容消失了，他也盯着我。

“怎么回事？”他说，“他是谁？”

“罗德里格斯。”我说，“我从洛杉矶来的，准备跟你谈谈埃尔维拉。”

也许是因为我说话的方式不对，也许是因为我现在还留着以前在军队时剪的发型，或者是他已经注意到我西装外套下电击枪的枪套。不管怎样，我没来得及再说一句话，因为接下来这三件事同时发生了：

安东尼奥转身跑下楼梯。

他妈妈尖叫着：“安东尼奥，不！”

他爸爸也大吼着：“臭警察！”

我从阿吉拉尔夫妇身边飞奔过去，跑下楼梯，很庆幸自己还能在必要的时候加快速度。安东尼奥没来得及关上门，他跑过天井，绕过独立车库，钻进又脏又窄的小巷里。我在转角处打了个滑——我的便鞋在水泥地上跑不过他的运动鞋——他正向最近的十字路口跑去，我在后面大叫他的名字。我紧跟上

1. 原文是西班牙语。

去，汗流浃背，骂声连连，但至少转弯时还保持他在我的视线之内。我看见他接连躲过两辆车穿过马路，又跑向南边的下一个十字路口。我掏出电击枪，不断给自己的四肢打气，唤起追逐时兴奋的肌肉记忆，就像过去一样。我已经不再是警察了，但我不会放任杀死埃尔维拉的凶手逍遥法外，不管那个凶手是不是她的哥哥。

我们穿过一条小巷，又穿过另一条街，通往一条更宽的大道。有些行人停下来看着我们，有些为我们让出一条道来，我继续追赶他，仍然大喊着他的名字。

他停下来，转过身，时间只够他瞪我一眼——他的眼白很大。然后他又撒腿就跑，头还没转过去。

他穿过马路，逆行狂奔。大街上的车辆川流不息。

他横穿两条道路的时候，小车急刹停下，冲他鸣笛。但那辆大拖车没有看见他。

我看见了，但是太晚了。

## 10

安东尼奥·阿吉拉尔撑了足够长的时间，死前在医院里把他犯下的罪行全部招认了。我选择远离阿吉拉尔夫妇，我想，如果他们看见我，说不定会怒火攻心把我杀了。来医院的警察认识我，出于对我过去工作的尊重，允许我在附近闲逛。

看到约瑟芬娜也来了，我很是震惊。我的目光落在她身上，在她小心翼翼走过医院走廊的时候一直跟随着她。她双手紧握着一只小包，脚上穿着一双平底帆布鞋，身上穿着一件朴素合身的连衣裙，背部剪开以容纳她的翅膀。她也看到我了，但是没停下来跟我说话。我看着她走向她哥哥的病房，和门边的警察说了几句，然后走了进去。

十分钟后，她和她的父母一起走了出来。他们三个人似乎都痛哭过。约瑟芬娜想要拥抱她的父亲，但是她父亲的双臂只是无力地垂在身边。她又想给她母亲一个拥抱，老太太颤巍巍地伸出双臂，然后试探性地搂住了女儿。她们紧紧相拥。

阿吉拉尔夫妇回到了他们儿子的病房，约瑟芬娜向我走来。

这次她停下了脚步。

我抬头看着她的脸，泪水打湿了她的绿色羽毛。

“对不起。”我说。

“我们都没想到。”她说。

“我不是故意害他被车撞的。”

“我知道。”

“我应该让他逃走的。”

“他逃不出自己的愧疚之心，爸爸妈妈已经知道他为他们做了什么。”

“为他们做的？”

“爸爸说，安东尼奥说自己这么做是为了家族的荣誉。”

“那他为什么不把你们两个都杀了呢？”

“我也不知道。也许是他意识到他杀死了自己的亲妹妹的事实，就没勇气再继续了。爸爸也恨自己。我离开家来到‘艾黎之巢’后，爸爸一直骂我伤风败俗，而埃尔维拉也离开家投奔我之后……他就开始骂我们两个，说我们两个是家族永远的耻辱。我想他也不知道安东尼奥把他的话当真了。爸爸甚至认为自己是罪魁祸首。安东尼奥现在也这么觉得。”

我的目光越过约瑟芬娜的肩膀，看到那对老态龙钟的夫妇相互搀扶着，痛苦地走向走廊的另一头。

“他们现在打算怎么办？”

“埋葬安东尼奥和埃尔维拉。”

“那你呢？”

她盯着手里的小包，用包袋缠住自己的手。

“我会回去继续工作。”她说。

我挑起眉。

“我还能做什么呢？”她说，“我不能回家，也还没攒够钱改行。”

我不太舒服地清了一下喉咙，然后挠了挠头，“你还有很多事可做——”

“不，索托先生。”她坚定地说，“成为特殊人是我自己的选择，继续完成我的心愿也是我自己的选择。即使我的家人不支持我，我死去的妹妹也会支持我的。”

“你还会跟你的家人好好谈谈吗？”

“我不知道，”她说，“我也不觉得。”

“耐心点儿。”我说，“给你爸爸一些时间，他会明白你对他来说有多重要。”

“他还是把一部分罪责怪到我头上呢。”

“没错，但是当他年纪越来越大，离自己的坟墓越来越近的时候，他会看着你小时候的照片，心想当初为什么会那么讨厌你。拜托了，别再锁上你们之间的这扇门。”

她低头看着我，这次她也挑起了一条眉毛。

“兄弟般的同情，对吗，索托先生？”

“更像是一个可怜的傻父亲替另一个可怜的傻父亲道歉。”

她静静地看了我几秒钟，然后牵起我的一只手，放在她极柔软的掌心。

“拜托了？”她说。

“拜托了。”我说。我也握紧她的手。

我送她离开了医院，一起向“艾黎之巢”驶去。

# TASTING THE FUTURE DELICACY THREE TIMES

*by*

Bao Shu

▽

# 美食三品

宝树

宝树，科幻作家、译者，中国作协科幻文学专委会委员，北京大学博古睿研究中心学者。著有《观想之宙》《时间之墟》等五部长篇小说，中短篇作品发表约百万字并出版多部选集，屡获中国科幻银河奖和华语科幻星云奖的主要奖项，多部作品被译为英、日、意、德等外文出版。主编有科幻选集《科幻中的中国历史》等，译著有《冷酷的等式》《造星主》等。

本文为《银河边缘》中文版专发篇目。

# 一、盛　宴

性感火辣的女侍者推着送餐车走来，车上的菜品被一个金灿灿的西餐盖盖着，盖子竟似以纯金打造。

女侍者含笑将送餐车推到客人面前，然后把盘子连着西餐盖端上桌子。

女侍者正要揭开西餐盖，食客却轻轻按住了她的纤纤玉手："等一下，我有几句话要说。"

对面的主人做了一个"请讲"的手势。

食客从容说道："虽然没有通报姓名，但你可能知道我是谁，我的照片经常出现在顶级富豪榜上，否则就算是一般的有钱人，这一百万一顿的私房美食，估计也吃不起。"

主人点了点头，表示知道这位富豪的身份。

富豪又说："我这个人，对美女、名车、豪宅这些都没什么兴趣，也没有太空探险、深海下潜之类的高尚爱好，唯独钟爱'吃'这一道。从白手起家开始，每次赚了点儿钱，我就一定要去吃一顿以前没吃过的好东西。可惜最近几年，尝遍了全世界的美食，口味越来越刁，无论多么好吃的人间珍馐，也无法再度提起我的兴趣。我朋友说你这里有什么不可思议的大餐，他神神秘秘地劝我来你这里尝尝。我还以为有什么罕见的好东西，可看到你这里这些半裸美女、纯金餐具之类的噱头，我真是大失所望。这些东西只能骗骗那些土豪，他们根本没有体会过真正的美食境界。说实话，看到这些，这顿饭我已经没有兴趣吃了，再见。不过放心，那一百万我不会要回来的。”说罢，富豪站起了身，准备离去。

主人微笑着劝说：“请等一下，您就算不吃，看一眼总无妨吧？您真的不好奇里面是什么东西吗？也许看一眼之后，您就会回心转意呢？”

富豪想了想，点了点头，重新坐了下来：“好，我就看看你这葫芦里卖的什么药。”然后便伸手揭开了西餐盖。

饶是他见多识广，也大吃了一惊。

偌大的水晶盘上，摆着一顶古怪的黑色头盔。

富豪好不容易回过神，拿起来仔细看了一番，确定这头盔绝不可能食用，顿时大怒道：“你这是什么意思?!”

“正如您所说，”主人悠然开口，“世上珍馐奇味都已尝遍，还有什么能引起您的食欲？没有。所以再怎么找也是徒然。但是，如果将他人对美食的感受直接输入您的大脑，您自然就可以再次体会到食物的甘美香甜了。”

富豪冷笑道：“这头盔能做到这个？我是做生意的，骗子不知见过多少，你别想忽悠我。”

“所以您应该能看出来我绝非骗子。其实我是一个科学家，确实不是厨师，我连最简单的番茄炒蛋都不会做。我本来一直在大学研究所里研究一个远程读取他人脑电波的项目，不幸失败了，上头停止了拨款。但我多年的研究，有一个副产品，就是这个头盔。所以我开了这家‘郝滋味’私房餐馆，希望能筹到一些资金，使我得以继续进行我的科学研究。”

“你是说，这玩意儿能收到别人吃东西时的脑电波?”富豪大为好奇。

“头盔只是一个输出端口，真正的机器在后面呢，有两三层楼那么高。人类最根本的欲望是食欲，美味佳肴是对食欲最高的满足，当然会激发出最强烈的脑波，这种脑波既可以被仪器接收到，也容易被他人接受。戴上它，您就能实时感受到他人享用美食的脑波，包括味觉、嗅觉、口部触觉、温度感、痛觉……当然，其他的视听感觉都没有。所以嘛，也不算侵犯他人隐私。”

“有意思，”富豪来了兴趣，“那好，我来试试。”

“等一下，”主人说，“我做一点说明，头盔能接收到的脑波按快感的强烈程度共分七级，每一级您可以随机尝试一种，算是一道菜品。但最后一级的脑波是最强烈的，目前不确定对人的大脑是不是会有损害，您千万不要调到这个等级，您要是出了什么事，那可是国际新闻。”

富豪表示同意，随后戴上了头盔。

主人礼貌地说："那么，祝您用餐愉快。"然后就和女侍者一起离开了。

一小时后，富豪按铃将主人唤来。

"我很久没有这种感觉了！"富豪兴奋地说，"太美味了，简直回味无穷！"

"您将各个等级都尝试了？"主人问道。

富豪点头说是。

"能说说您刚才都吃了什么吗？我好记录下来作为研究资料。"

富豪闭目回想，缓缓说道："第一个等级是麻辣鲜香的感觉，估计是哪家川菜馆里的麻婆豆腐，意思不大，我很快跳过去了。

"第二个等级，肥嫩甘美，入口即化，是上好的雪花牛排，不过对我来说也只是家常菜，所以我也没有多停留。

"第三个等级，我感到了极其鲜美滑嫩的滋味，还带着海洋的气息，倒也很熟悉，是龙虾鲍鱼之类的高档海鲜。"

主人笑了笑，说道："这对您当然也算不了什么。"

"是，"富豪说，"但从第四个等级开始，就不一样了。那是一种又清淡又鲜爽的感觉，有蔬菜的清雅，也有肉的鲜嫩，还有蘑菇的浓香，浑然一体，而又层次分明……"他说着，意犹未尽地咽了咽口水。

"您知道那是什么菜吗？"

“极上等的开水白菜。”富豪毫不犹豫地说，“滋味和口感恰到好处，国宴水准。十年前我曾经吃过一次，后来那个老师傅死了，我就再没吃到过同样水准的开水白菜。这脑电波是从哪里发出来的？能查到吗？”

“当然，”主人打开电脑，查询了一番，“是在四川的一个小镇上，具体位置——”

“回头发给我好了，”富豪的兴致丝毫不减，“还是先说第五个等级吧。那是一种巧克力，应该是墨西哥的口味，比一般的巧克力苦，而且咸，但吃到后面，又是变化无穷的甜美醇香。当然这本身算不了什么，但那种甜上有一种……一种仿佛是让灵魂都升华的快乐和感动……我想，这一定是心爱的人送出的巧克力，充满了热恋的感觉，让我想起自己的第一任妻子——可惜离婚的时候，她分走了我十个亿。

“不说这个了，再说第六个等级吧，居然是水！不知道是什么水，但极其甘甜纯净，我从来没有喝过这么甜美的水，琼浆玉液的味道也不过如此了吧！我拼命地喝了很多，还是意犹未尽……那到底是什么水？”

“我帮您查一下位置，”主人说，“位置……是在塔克拉玛干大沙漠的绿洲里，想必是一位焦渴的旅人在那里找到了水源，所以痛饮了一番？”

“有道理！”富豪一拍大腿，“我就说，水怎么能那么好喝呢！这么说就对了。再说第七个等级吧——”

“等等！”主人忙说，“我不是告诉您，不能调到第七个等级吗？这很危险！”

“对不起，”富豪有点儿不好意思，“第六个等级的美味已经那么强烈，第七个等级还要更上一层楼，我实在按捺不住……好在也没出什么事。”

“好吧，”主人无可奈何，“那您具体尝到了什么？”

富豪回味着，仿佛在脑海里又吃了一遍，才说：“是一种烤肉，有点像烤乳猪，但比乳猪好吃一百倍！光闻到肉香，都让我的灵魂开始颤抖，我只尝到了一两块儿，滚烫滚烫的，有点儿焦，像是刚从火堆里扒出来，但放进嘴里的感觉……就像用一把火将我烧成灰，又让我从灰烬中浴火重生一样！那究竟是什么肉？是在哪里吃到的？”

“从坐标上来看……”主人一边查看，一边说，“是在非洲中部……”

“非洲！”富豪叫道，“难怪了，那地方有很多奇禽异兽，有的连我都没吃过。想必是哪个偷猎者打来的珍稀保护动物。是大象的鼻子，还是霍加狓的尾巴？”

“这我们无从得知，”主人说，“我只能看到是在卢旺达西部地区。”

“卢旺达？”富豪想起了什么，“那里不正在闹饥荒吗？已经饿死了好几十万人了，难怪，闹饥荒了当然什么都吃，还管什么保护动物……可饥荒都有大半年了吧？现在还有什么可以吃的？还有什么……什么……”

富豪的脸色变了，他嚅动了几下嘴唇，突然弯下腰，狂呕起来。

## 二、佐餐服务

若干年后。

“一份牛排套餐。”小饭馆里，青年在餐桌前坐下，对着迎上前来的点餐机器人说道。

“好的，您要加佐餐服务吗？”机器人问道。

“当然。”青年毫不犹豫地说道。

在这家饭馆里，一份牛排卖四十元，佐餐服务则要三十五元，几乎和菜品一样贵，但点了佐餐服务，口味可以提升好几倍，让最普通的食材也能给顾客带来顶级大餐的享受，可以说物超所值。

“请您选择佐餐师。”机器人胸口的精巧屏幕上出现了一排排人像，大部分是容貌姣好的女孩，环肥燕瘦，各尽其美，其余则是俊秀或稳重的男子。

青年看都没看一眼，开口就说：“老规矩，88号。”

88号并不在屏幕上，但青年的脑海中早已浮现出她的丽影。最近一年来，只要有可能，他都会选择88号佐餐。事实上，青年对菜品的选择，也是根据88号预先公布的日程来的，她吃牛排他就吃牛排，她吃海鲜他就吃海鲜。88号那清丽的容貌和凹凸有致的身材令他非常着迷，当然，更重要的是她那张小嘴里丰富、细腻、多变、无与伦比的口感。每一次用餐，都像是聆听一曲美妙至极的交响乐，令他神魂颠倒，无法自拔。

就餐时间到了。88号佐餐师的三维影像浮现在餐桌边上，仿佛与青年相对而坐。

她拿起刀叉，朝青年微微一笑，笑靥之下，顿时仿佛整个房间都明亮起来了。

遗憾的是，88号并不是对他一个人微笑的。今天他并不是这家餐馆里唯一选择这位佐餐师的顾客。青年分明看到，斜对面有一个龅牙疤脸的丑男也点了88号，而88号也同样朝那个丑男露出了灿烂的微笑……

真是太不凑巧了！虽然此时全国上下可能有几千个人都在接受88号的佐餐服务，但在同一家餐馆里遇到“同好”，还是很少见的。

如果青年有钱的话，他真想把88号包下来，选择一对一佐餐服务，不过那就是天价了。青年想了想自己日渐空虚的电子钱包，只好侧过头，对斜对面的丑男视而不见。

“亲爱的，我开动了，来，我们一起吧！”88号微笑着说。

她用闪亮的餐刀轻轻切了一块红润多汁的五成熟松阪牛排，然后叉起，放入了诱人的樱桃小口。

青年也把牛排放进嘴里，大口咀嚼着。当然，他那区区四十块的普通牛排要粗硬得多，并不好切，他的动作也不可能和88号保持完全同步。但无论如何，当他将牛排放入口中时，味蕾的刺激启动了神经植入体的味觉和嗅觉脑波接收功能。于是，88号的用餐体验，开始源源不断地传来。

他在现实中极少体验过的馨香、滑嫩、咸鲜等诸多细腻而分明的口感，霎时间都在他的舌尖上打转，形成了一个复杂华美的旋涡。

“美味脑波”的收发功能已经开发十多年了，也早已得到了比单纯用头盔窃取他人口感更有商业价值的应用（后者还有诸多法律问题）。可不论从头盔中能够感受到多少种美食滋味，人们总不能靠吸收脑电波补充能量，如果习惯了脑电波里的大餐，对日常饭菜感到索然无味，那生活甚至生存都会成问题。所以，许多餐厅开始引入美味脑波，在就餐时将其传输进顾客的大脑，提供“佐餐服务”，为顾客大大提升用餐体验，保证他们心满意足地吃下食物。这种美味脑波广受顾客的欢迎，很快就变成了上到高端餐厅，下到苍蝇馆子都必备的服务。许多相关的公司和机构因此随即成立。“郝滋味”餐饮体验公司开风气之先，现在已经发展成了行业中的佼佼者。

遗憾的是，目前还没有发明出可以存储美味脑波并反复播放的设备，还是只能靠当场直播来体验。不过接收器已经变成了大脑中的芯片，不用再戴上笨重的头盔了。所以诞生了佐餐师这种新兴职业。

佐餐师可以尽情品尝顶级厨师烹饪的最为精美高端的食材，同时将其美味传递给只能吃普通餐品的食客。这听起来是人人羡慕的美差，但也并非谁都能当上佐餐师。这种新职业，对从业者的味觉和嗅觉等感受能力，本身就有非常高的要求，甚至与成为美食家的门槛相当。为了保持最佳状态，会有专业医生定期检查佐餐师的味蕾和鼻腔中的嗅细胞等，保证其用餐口感的敏锐与丰富。另外，佐餐师的外形条件自然也是重要的考量项目。比起来历不明的脑波，人们当然更喜欢和在自己面前的可爱人儿享受同样的美食体验，还能边吃边产生许多愉快的联想。

88号品了一口红酒，然后叉起一块牛肉，细嚼慢咽了好一阵，其动作仪态确实无可挑剔，据说这是英国王室的用餐礼仪。青年知道，干这一行并不容易。听说为了保证饮食体验的淋漓尽致，佐餐师之前要处于饥饿状态，最好是饿得连头牛都能吃下去。但用餐时又不能狼吞虎咽，毫无吃相，仪态不雅还在其次，关键是可能会咬到舌头或者嘴唇。早年就有一位佐餐师因为太饥饿而吃得过快过狠，差点儿把舌头咬下来，这种疼痛的触感瞬间传递给了无数接收者，惨叫声在几百座城市的几千家餐馆里同时响起……

88号当然不会犯这种错误，她的“用餐技术”是一流的。不仅吃得落落大方，饶有情致，而且食物在她的舌尖仿佛被赋予了魔力，牛肉、酱汁、芦笋、面包、红酒，每一种口感都是顶尖的，而不同的口感分分合合，君臣佐使，组合出无穷无尽的精妙滋味。青年只觉得，自己仿佛是在波涛翻涌的大海上冲浪，不断被欲望的浪潮带向新的高峰……

88号突然放慢了咀嚼的速度，她微微闭上眼睛，露出沉醉的表情，仿佛自己也沉溺在食物无与伦比的美味之中，其神情和动作有一种说不出的娇媚可爱，配合牛排的鲜美，确实能给人以至高的享受。

但青年这时却怔住了，眼前的情景让他有一种非常强烈的既视感。他感觉自己曾经见过这一幕。这当然也不奇怪，因为青年已经和她“共进晚餐”了差不多一年，早已见过无数次88号类似的表情。但这种仪态和表情，还是让他有一种非同一般的熟悉感……

这到底是因为什么呢？

不过，此时青年正在高峰的美食体验中，暂时没有去多想。但随着用餐的持续进行，类似的感觉越来越多地浮现了出来。

半小时后，88号和他同步结束了用餐，88号起身，行了一个可爱的屈膝礼后，就消失了。

青年支付了账单，信步走出餐馆。88号刚才那些动人的神态和动作还是在他脑海中挥之不去，可他总是感觉有些不对劲。

“调出刚才的用餐录像。”回到家后，青年吩咐自己内置在大脑芯片中的智能助理。因为迷恋上了88号，每次他都会用眼镜上的摄像头将她的佐餐过程录下来，然后经常回放这些视频，细细回味一下。

88号动人的身姿再次投射在他面前，向他微笑。青年无暇欣赏，直接跳到了那个让他很有既视感的画面，然后吩咐智能助理：“在所有88号的视频中搜索相似的画面。”

这一年中，他录制的88号的视频有270多个，搜索到动作相似的画面一共1500多个。不过青年又添加了一些筛选条件，例如服饰相同和食物相同等等。

很快，相似画面的数量减少到了19个。青年浏览了两页，在第三页上停住了：其中一张图片和刚才的画面，无论从食物的摆放，还是人的姿态来看，都是一模一样，甚至服饰上细微的皱褶纹路也毫无区别。

“重叠两张画面。”他命令道。

智能助理将两个画面叠加起来，虽然现实环境背景不同，但88号相关的影像完全重叠了起来，看不出任何区别。

而那是四个月以前的佐餐服务。

青年还抱着可能是巧合的希望，花了几分钟比较了两段录像，结果发现虽然两段录像不是完全相同，但在这个画面前后，

88号有一分多钟的动作是一模一样的。毫无疑问，至少这一段是早就录制好的。

“这些王八蛋已经发明了脑波存储技术！居然瞒着大家伪装成直播！”青年咬牙切齿地怒吼道。

聪明的他很快就推理出了真相：如果公开推出美味脑波的存储技术，人们就可以直接买下那些美食体验，在每次就餐时独自享用，还能反复利用，那美食直播还有什么生意可做？所以美味脑波产业无耻地隐瞒了真相，将录播伪装成直播，略做变动后播出，大幅压低成本，欺骗大众，牟取暴利。

可怜的88号小姐姐，也许录完这些后，她就被无良公司一脚踢开了吧！

想到这里，青年也没了什么顾忌，他奋笔疾书，把这段经历写了下来，又将两段录像剪辑整理了一下，上传到了社交网络。因为现实背景以及时间标注的不同，很容易证明这是在不同时间播放的同一段三维录像，铁证如山。

青年并不是什么网络红人，这条信息发出去之后，两天下来只有几个朋友转发。

但到底是涉及日常生活中已经无数人都离不开的佐餐服务，该信息最终引起了人们的注意。

三天后，转发量开始像滚雪球一样越来越大，最终引爆了整个社交网络！

当天晚上，已经有超过100万条转发，视频观看者更是超过了1000万人次。

很快，作为当事者“郝滋味”餐饮体验公司站出来辟谣，说绝无此事，视频为恶意PS所致，要求造谣者承担法律责任云云，一时把舆情压了下去。

可架不住人多力量大，越来越多的人都开始寻找蛛丝马迹。

到了第二天，网友们又看到网络上出现了不少新的雷同视频，这下再也无从抵赖了。

除了青年想到的理由外，人们还想到了一种更可怕的可能性：没准儿这些无良公司是用漂亮的模特充当佐餐师的“形象代表”进行录像，而实际上传递美食体验的是某个抠脚大汉或者佝偻老太，这显然比录播还要令人反胃百倍！

鉴于事态严重，舆情越来越汹涌，警方终于开始介入调查。

一个月之后，终于真相大白。

但真相却远远超出了任何人的猜想。当青年看到那天的新闻头条后，差点晕了过去：

知名餐饮体验直播公司“郝滋味”CEO郝尔旦等多名负责人已被警方刑拘。警方透露，“郝滋味”被曝豢养了数百头中华田园犬和约克夏小白猪，它们进食时的美味脑波被“郝滋味”用来为全球范围内成百上千万的顾客提供佐餐服务，并用电脑动画技术合成的虚拟人冒充佐餐师进行掩饰。远远超出人类的发达味觉和嗅觉，使得佐餐犬猪提供的脑波非常受欢迎。这一令人发指的骗局，至少已经进行了三年。据消息灵通人士透露，许多其他公司都暗中有类似的操作……

## 三、最后的晚餐

又是若干年后。

“郝滋味”餐饮体验新品发布会即将开始，全世界已经有数百万人在线报名参加，而一些重要的客人则是直接被邀请到了现场的体验中心。

嘉宾云集，觥筹交错。

一位老者和一名中年人坐在一起，对视一眼，彼此都认出了对方。

“您是……那位富豪！”中年人激动地说，“世界上最早享用美味脑波的客人之一！据说，那次你还品尝到了世界上最禁忌的——”

老富豪笑了笑，打断了他：“那都是靠不住的传说，其实并没有那么夸张，当年我投资了‘郝滋味’几个亿，难免有各种谣言出来……不过，阁下就是第一个揭穿‘郝滋味’体验造假的那位青年吧？”

“早已成为中年了！”这位昔日的勇敢青年也苦笑着说，“不过我也没有想到，后来事态会演变成那样……”

被揭穿了把狗和猪的美味脑波传递给人类的把戏后，所有餐饮体验公司的生意不免一落千丈，实力不强者纷纷倒闭。

不过，这只是暂时的现象。习惯了这些动物脑波的顾客，很难再离开它们那比人类更敏锐、更丰富的舌尖体验，顾客们再回头接收人类佐餐师的脑波，实在唤不起多少食欲。欲胆可包天，不少人很快就跨过了这一层心理障碍：既然我们能够食用动物的肉，又为什么不能“食用”它们的“体验”呢？

虽然反对的声浪仍然不小，一些宗教人士和思想家更是声嘶力竭地批判人类的堕落，但动物脑波的生意还是死灰复燃，已经奄奄一息的“郝滋味”，也如凤凰涅槃般重新崛起，而且生意越做越大。

“如果不是你捅破了这层窗户纸，这个转变可能还需要许多年呢。”老富豪笑道，“但万万没有想到，动物脑波的利用体验公开之后，人们发现了全新的美食体验的可能性。我们这些老饕餮也就享福了！”

中年人赞同道：“最初使用动物，主要也只是想节省高昂的人力成本而已，其进食的体验也只求和人类相似，能蒙骗到顾客就满意了。但公开之后，人们不免想挖掘其他生物本身千奇百怪的捕猎进食体验，这大大拓展了我们的食谱……不，应该说是‘美味的感知光谱’，非常有意思。”

“这么说，你也尝试了不少吧？”

“是啊，这些年，我尝到过牛羊口中青草的鲜嫩，大熊猫嘴里竹叶的清甜，还有猫咪吃鱼时感到的鲜美……您应该都体验过了吧？”

“远不止这些，还有很多很多呢……你有没有体验过狮子把疣猪从土里刨出来，一口咬碎它的脑袋时，那种爆浆的快感？或者抹香鲸潜入深海，撕咬大王乌贼的嚼劲？还有北极熊在冰川上一口咬住饱含油脂、肥嫩鲜美的海豹幼崽，那种冰冷与炽热的交织……”老富豪如数家珍。

“这些真没有品尝过，都是富人才能买得起的顶级体验。那些野外珍稀动物的脑波很难被捕捉到，吃一顿至少也要花好几万吧？”中年人边说边舔唇咂嘴，连咽口水。

“能体验到这些，多少钱也值啊！这样，改天你来找我，我请你吃一顿真正的大餐！”老富豪爽气地说。

“那太感谢您了！不过说到大餐……您知道今天邀请我们来体验的，到底是什么大餐吗？”

“无非是新开发了什么动物的脑波吧，不过来这里的人什么都见识过了，不知道还有什么新鲜的……”老富豪耸耸肩说。

“欢迎各位嘉宾来到‘郝滋味’餐饮体验新品发布会的现场！”这时，“郝滋味”的CEO出现在台上。

一番场面话讲完之后，他解开了这个谜团："在今天的发布会上，我们将带给世界以全新的美味体验！最初，我们只能够接收和破译人类自身有关食欲的脑波，然后扩展到了各种哺乳动物。至于其他生物，由于和人类生理结构差距太大，其脑波形式也完全不同，所以一直没有被攻克。但最近，我们的科学家已经成功破译出了爬行动物的相应脑波，让它们可以和人类大脑相结合。今天要让大家体验的美食脑波，正是来自——鳄鱼！"

"鳄鱼？"中年人有点厌恶，"这些呆乎乎、脏兮兮的家伙，能有什么特殊体验？它们的大脑还没鸡蛋大吧？"

"虽然是这样，"老富豪拍了拍他的肩膀，"但生命总是很奇妙的，动物捕猎时的口感往往别有风味，我就有过好几次惊喜的进食体验，比如上次接收食蚁兽的脑波，那种把舌头伸进蚁穴深处，上面沾满了蚂蚁，好像跳跳糖一样美味而多变的感觉……真是难以忘怀呀！"

"说得我好像更不想体验了……"中年人皱眉说道。

不过说归说，中年人最终还是打开了内置芯片的脑波接收功能。

在现场的百余人与场外几百万在线者的期待中，奇妙的风景出现在前方的大屏幕上。

景色分隔为左右两边，又各分上下两部分，上半部分好像是天空、雪山和丛林，下半部分是水草纵横的碧绿世界。主持人告诉大家，那是从一条身长五六米的、正漂浮在水面上的尼罗鳄视野中看到的世界。之前，“郝滋味”的工作人员已经在麻醉它之后，在其大脑中植入了脑波转化发射芯片，当然，鳄鱼对此一无所知。

尼罗鳄长久地伫留在水边，一动不动。主持人说，它可以这样待在水里一整天。

但当远处出现了一群野牛时（当然是被工作人员驱赶来的），尼罗鳄开始有了感应。这时候，人们接收到了它的进食脑波。

这是一种非常奇特的感觉，明明还没有吃到任何东西，但嘴里已经有了一股若有若无的刺激，仿佛是人看到食物时先流下口水，预先在想象中品尝到了食物的滋味。不过，此时的感觉可比单纯流口水要强烈很多。

这种预先到来的快感驱使尼罗鳄开始行动，它缓缓游向那些野牛，弓起身子，蓄势待发。

虽然还没有开始吃，但中年人已经感受到了捕猎者那种异常强烈的兴奋。那并不是想要吃点什么东西的感觉，而是要把整个身子都扑上去，用身体去包裹猎物，与之合二为一的冲动！与最强烈的性冲动相比有过之而无不及。

野牛开始蹚水过河，又等了片刻，尼罗鳄猛然窜出，一口咬住了一头小野牛的腿！它的咬合力高达5000磅，一口下去，坚韧的皮毛和紧致的血肉便被即刻洞穿，竟然带来了如同血豆腐般的奇妙口感。热乎乎的鲜血流淌进它的嘴里，这种腥膻中透着甘甜的感觉，仿佛是一颗味觉的炸弹，在每个食客的嘴里爆炸！

霎时间，中年人感到自己仿佛与鳄鱼合为了一体，强烈的刺激传递到他身体的各个部分。他虚咬着，呐喊着，握紧拳头，甚至随着鳄鱼标志性的“死亡翻滚”在座位上扭动起来。他看到，老富豪和其他食客也都在做着类似的动作。如果自己是旁观者，也许会觉得好笑，但此刻他只能赞美，太棒了！太带劲儿了！每一个身体动作都伴随着从未体验过的鲜嫩与爽口，人类和一般哺乳动物的进食体验与之完全不能相比，简直是堪比性爱的酣畅舒爽。那个88号佐餐师就算真的存在，与之相比也不过是个笑话。

在一系列翻滚撕咬后，小牛犊在水下不再动弹，很快成了一堆破碎的血肉。尼罗鳄把它拖回到自己的洞穴里，开始大口大口享用起这顿美餐。每一口都异常肥嫩鲜美，令尼罗鳄身上的每一块铠甲都舒张开来。

这种体验被忠实地传递给了每一位食客。事实上，服务员已经送来了刚煎好的厚切牛排，但没有人动刀叉——这只能破坏当前极度美妙的体验。

鳄鱼的胃口出奇的大，一头小牛没多久就基本进了它的肚里。饱餐的愉悦感之后，跟随着一种深深的满足感，让每一个食客都觉得，自己也吃下了一整头牛。这次的体验真是太值了！

“这真是从未有过的感觉，怎么会这么……这么好？”中年人几乎找不到词语来形容。

“很有意思，”老富豪也若有所思地说，“我想是因为爬行动物是冷血的，生命活动远比哺乳动物少，平时几乎保持静止，它们的绝大部分生命力只在捕食、交配、逃生等少数时刻释放。正是美餐的吸引让它们的整个身体瞬间全面爆发，可以说它们是在用整个身体，不，整个生命来吃！它们才是世界上最深刻的美食家啊！太奇妙了！”

但更奇妙的事还在后头。

第二天，那种满足感几乎没有消退，老富豪简直不想动弹，也完全吃不下什么东西。他有点不安地询问其他嘉宾，结果得知大家都有类似的感觉。

网上也开始有了讨论。有人找出了鳄鱼的资料，很快发现了一个恐怖的事实：它们吃完一顿大餐之后，可以几个月，甚至一整年都不吃第二顿！而那条尼罗鳄已经将自己的体验忠实传递到了发布会上，即便在它的脑波消失之后，参加了发布会的人仍然保留着这种状态。

老富豪惊愕地发现，自己的食欲竟然完全消失了，两天两夜都吃不下什么东西。很快，他就不得不靠打营养针来维持生命了。

据统计，第一批参与鳄鱼脑波体验的人群中，竟然有85%

出现了类似症状!

好在这个状态并没有真正维持一年，三天后，食欲又回来了。一天早上，老富豪醒来时，觉得饥饿难耐，连衣服都来不及穿好就跳下床，出门随便找了家平民的早餐店，抓着面包和火腿肠就啃，吃得无比香甜。老富豪心中松了口气，觉得自己总算是恢复健康了。

但他没有想到，一切才刚刚开始。

很快，老富豪就发现，自己不再需要美味脑波的刺激，现在他吃任何普通的食物都能体验到极度酣畅淋漓的享受，每次都能吃上平时饭量的好几倍，把胃填得无比充实。

而在饮食过后，自己又会陷入深深的满足与困倦，一动都不想动，甚至思维都开始停滞。他可以躺着或者坐着几个小时，大脑中一片空白，连手指都不动一下。

直到一两天后，当食物消化殆尽，他的大脑才会恢复基本的思考能力，带着毒瘾发作般的渴求，去寻找下一餐。

他越来越少说话，一个月后，他甚至难以说出完整的句子了……

换言之，他开始像鳄鱼一样活着，另外几百万人也都大同小异。

很快，他们都被送进了医院，但医生们也都束手无策。

后来，医学界的研究表明，尼罗鳄的脑波激活了人脑中一个深深的爬行动物皮层，令进化之后被抑制的食欲重新控制了大脑的运行，彻底改变了其运行模式。虽然“郝滋味”之前稍微做过一些实验，然而用的是扬子鳄和鱼类，效果自然没有那么强烈。而尼罗鳄方面的相关实验刚刚开始，“郝滋味”就得知商业竞争对手即将发布类似的餐饮体验，所以没有等到实验完成，就提前召开了发布会，结果才导致了这场殃及数百万人的惨剧。

至于老富豪和中年人他们，倒也并不觉得自己悲惨。在丢掉了绝大部分人类的思维和行为之后，他们终于可以永远活在美食的世界里，专注于让自己和钟爱的食物融为一体，再也不会为其他任何事分心。

或许美食的最高奥义正是——我吃故我在。

# STORY OF XI WEN THE YIN TONG PEOPLE

*by*

Suzy Dan

▽

# 音桶人希文的故事

但适

但适，一个热爱幻想的写作者。作品《疯子比修来找我》《爱情的缺口是童话》等发表于《怪谈文学奖》公众号，《熊茂盛的困惑》《爱的接力》等发表于《脑洞故事板》公众号。

本文为《银河边缘》中文版专发篇目。

在白山福利院上班的第一天，我特意去看了她。

我从未见过这么老的太婆。她蜷缩在床上，像瘦小的麻袋里装了一堆枯骨头。双唇好像被体内某种强大的力量吸着，褶皱凹陷。她一声不吭，只有麻袋里的骨头偶尔发出窸窣的摩擦声。

“她已经一百七十四岁了。刘医生说她的大限也就在这两天。”专门负责护理老太太的张阿姨说。

“网上有人说她是外星人……”我挑起话题。

张阿姨先是哈哈一笑，接着说：“她是不是外星人我不知道，但她的经历确实很离奇。”

“怎么个离奇法?”我问。

“年轻人就是好奇心重!”张阿姨说，“这样，你下班后来我宿舍喝杯茶。我给你看两样东西。”

老太太在她的回忆录里写道，她叫希文，“音桶族”人。

音桶族主要居住在四川和云南交界处的一个峡谷里，以畜牧为生。

该族人自会发声起，除了用于吃睡的十四个小时之外，剩下的十个小时里喉咙中总有声音，或是哼唱，或是说话。

每个音桶人的一生都有一“桶”音要发（这里的“桶”非“水桶”的“桶”，在汉语里也找不到相应的换算单位）。按照各自语速的快慢，每人大致有三十到五十年的发声期。音尽之后，他们要么选择沉默直至老死，要么自愿沉下黑水河，了结此生。大多数音桶人都会选择后者。因此，族里没人会游泳，也没人学游泳。

“发声很消耗体力，但不发声，还不如死去。”希文在她的回忆录里写道。

她不知道自己的父母是谁。

阔皮发现她时，她还是个婴孩，躺在一堆乱草丛中，肤色发紫，奄奄一息，身上只裹了块发黄的白布。

幸而在阔皮母亲的照料下，希文很快恢复了生机。

“她是我捡的！她是我的！”这一句话，阔皮念叨了一辈子。

他当真以为希文是属于他的。

希文能坐起身了，能爬了，能哼唱了，能说话了……

他们日日在一起哼唱、说话。那是一种绝妙的感觉。

每一个音都从腹部涌起，与沿途的脏器摩擦，碰撞，再滑过狭窄的声带，冲破嘴皮，迸发出来。一个音，通常也带出几粒汗。

人人都说，希文哼唱和说话的声音特别动听，好像山间的细泉冲刷着小石子，让人内心沉静。

希文一天天长大，来邀她哼唱和说话的男孩多了起来。只要不是特别讨厌的，希文一般都不拒绝。

她享受发音。

但她渐渐发现，阔皮似乎对此意见很大。

阔皮不开心的时候，总会跑到发现希文的那块草地上哼唱很哀婉的歌。

“我最喜欢跟你哼唱和说话。”希文找到阔皮。

“真的吗?”阔皮半信半疑。

“那是当然啦！我们从小就一起唱，谁能比我们还默契!”希文说。

阔皮笑起来，喉咙里的哼唱逐渐转入高亢。

十六岁时，希文在一年一度的“音桶节”上，听到了一个仿若能修补她那残缺灵魂的声音。

这天，全峡谷的音桶人都聚集在峡谷底最大的草地上。有人哼唱，有人说话。谁也听不清对方在哼些什么、唱些什么。声音像乱作的狂风，在山间拍来打去。

一声枪响后，五秒短暂的寂静，继而是一阵低低的鼻音。一个婉转的、年轻的男音仿佛自天外而来，如毛毛细雨般撒向人群。人们像种子受了雨水点拨一样，收起腹部，让身体里滚烫的新音冲破牙关和嘴皮，轻轻地蹦出来。那个婉转的男音愈发高亢，又有年轻的男音加入，冲破人们嘴皮的声音也越来越重。一时间，音浪汹涌地拍在四周大山上，又被抛至空中，再如暴雨般落下。

那日之后，希文的耳边时常萦绕着那仿若天外而来的男声。

她不敢去追寻那声音，可那声音主动找到了她。

“我叫塔姆！”声音的主人说。

他有一对闪亮的、会笑的眼睛。

“塔姆是邻村的。听他哼唱和说话，就跟你们这里的人听一场莫扎特音乐会一样，让人沉醉和享受。”希文在她的回忆录里写道。

希文的喉咙里浅浅低吟，听塔姆哼唱、讲话听得出了神。

阔皮一个巴掌拍在希文的后脑勺上，吓得她哼破了一个音，脸唰地红了，转头就跑。

塔姆在她身后追。阔皮也跟了上去。

塔姆每次来找希文，阔皮都要和他打一架。阔皮的声音没有塔姆好听，但是拳头比后者的硬。

希文和塔姆哼唱或说话的时候，谁也插不进去一个音。这让阔皮浑身不爽。

渐渐地，他也不给希文好脸色了。

“你要跟他唱，还是跟我唱？”阔皮紧紧捏住希文的细胳膊。

“跟他唱。”希文赌气地甩开他的手。

她实在厌烦了阔皮的暴力行径。

在她心里，阔皮是重要的，塔姆是特别的。她知道这两个男孩子都喜欢她，可是音桶人跟黑颈鹤一样，一生只择一个配偶。她必须谨慎做出选择。

“那你跟他使劲唱吧！”阔皮说完，扭头就走。

他的喉头发出一声尖啸，差点把希文的耳膜劈成两半。

自那以后，阔皮总去远牧，一年半载才回来一次。

见了面，他也不跟希文哼唱，只简单说几句话。

待上几天后，他就又出发了。

一次，他竟扔下几百头牛羊，独自出了大峡谷。偶有消息传回来说，他在外面竟干些偷鸡摸狗的事。

阔皮的母亲常落泪哀歌。希文就在一旁轻哼能平复心情的歌，希望能带阔皮的母亲走出悲伤。

“他太傻了。感情强求不来。”阔皮的母亲说。

“对不起，阿母。”希文哭了。

阔皮的母亲拍拍她的肩膀，“塔姆是个好孩子。跟他去吧！”

希文和塔姆日日一起放羊、牧牦牛，尽情地哼唱、说话，越来越投契。

一年后，他们生下了一个女儿。

孩子满月的时候，阔皮回来了。他变得比从前更壮，满脸笑意。

他递给希文一个天蓝色的纸袋，说是送给她女儿的礼物。

希文拆开，是一条黄白条纹的小裙子。“谢谢你!”

阔皮说：“我们都是一家人，客气什么。”

他在村里留了几日，日日找塔姆喝酒，聊天，好不欢乐。

希文唱了很欢快的歌。她想，阔皮终于释怀了。

希文的第二胎生的是男孩。阔皮没有回来。

第三胎女儿满月的时候，阔皮又出现在她家门口，送给孩子的还是一条黄白相间的小裙子。

“谢谢!”但这一次，希文的脸上有了小小的疑惑。

“我发现你的时候，你身上就是一片烂白布，上面有很多黄色的污渍。”阔皮说。

希文的喉头发紧。

“我那时候就想，要是我能给你买一条好看的裙子就好了!”阔皮又说。

“原来是这样。”希文放松了一些，但心里还是像长了毛刺一样，痒疼痒疼的。

阔皮再次出现的时候，希文只剩下五首哼歌和一千个字可以活了。

她的小女儿已经十三岁，可以独自出去放牧了。

希文觉得自己不再有什么遗憾，和塔姆商量着找一块鲜嫩的草地去哼完最后的歌，说完最后的话，然后一同去黑河沉下。

音桶族有句古话：音桶族不要沉默。沉默是留给死人的。

“跟你们的作家萧红的那句‘生前何必久睡，死后自会长眠’有点像。我们音桶族人也认为：生前不必沉默，死后自会无声。”希文在她的回忆录里写道。

希文和塔姆在寻找那片色泽鲜嫩的草地途中，碰到了阔皮。

阔皮把一个红色的礼盒递到希文面前。

“是什么？”希文在阔皮的眼里捕捉到了一丝阴冷的光，不敢去接那盒子。

又是一条黄白相间的小裙子？

“送给你的。”阔皮的脸色灰白，“我只有五百个字可以活了。”

希文接过红盒子，打开一看，脸霎时变成骨灰色。

“希文老太太当时在盒子里看到的就是这个！”张阿姨递给我一块等边三角形铁块。

那铁块边长十厘米，厚度不足半厘米。铁块一角还泛点黄，应该是镀过金。其余多个部位已经显出橘红的铁锈。上面写有十来行小字，还有六个大字，却让人一点也看不出是什么字。

我问这是什么。

“免死金牌!”张阿姨说。

我疑惑地望着张阿姨。

她叹了口气，继续讲。

免死金牌需从音桶族的大寺庙里求来，也叫赎罪金牌。

在音桶族，只有罪孽深重的人才能求得此牌。

免死金牌免除的“死”，不是自然的死亡，而是失声之后“自愿的死亡”。也就是说，在希文失声以后，她不能选择沉河而死，而要忍受无尽的沉默，在无声中自然老死。

“我做错了什么?”希文声音颤抖着问。

阔皮的嘴角轻轻抽动了一下，似笑非笑。

塔姆怒吼着，把阔皮推倒在地。

阔皮不再是塔姆的对手。常年吸烟、喝酒、赌博等等的恶习，已经把阔皮消耗得只剩下一副外强中干的躯壳。

两个男人在一阵阵怒啸之中，不知不觉耗尽了身体里最后的声音。

他们几乎同时失声。

身体里的音管好像突然变干，变瘪，黏在一起，变成一根细线，滑到胃里，肠里，等着与身体作最后的告别。

希文看也不看阔皮一眼，牵着塔姆的手，找到了那块鲜绿的草地。

她把生命最后的歌唱给了塔姆，最后的情话也说给了塔姆。

“塔姆有没有陪着希文老太一起沉默?”我问。

“说来心酸。”张阿姨叹了口气，站起身，轻轻地扭动了一下坐久了便疼的老腰。

她把希文老太太回忆录上的一段话指给我看：“我把塔姆推下了河。那个位置的水最深。塔姆挣扎了好一阵子，才慢慢沉下去。他沉下去的位置，河水打着漩儿，留下一串漂亮的气泡。我想，那一定是他那副美丽的音喉借着水与我道别。”

我鼻子一酸，“她也太……”

张阿姨的眼睛也红了。

希文决定走出峡谷。如果她要沉默着度过余生，她不想待在到处都有塔姆影子的地方。

她求得了三个孩子的原谅，跟村里的友人告了别。

谁知，阔皮在峡谷的出口等着她。他醉得东倒西歪，头发油乱。

他把一块暗黄的东西拿给她看。

那也是一枚免死金牌，上面写着阔皮的名字。

希文用犀利的眼神告诉阔皮，就算是沉默，她也不要跟阔皮待在一起。

阔皮跪在希文面前，拽住她的双手，用那双已无神采的大眼乞求着。亏得有几个路人把他拉开了，希文才得以脱身。

自此，希文便很久都没再见到阔皮。

许多年后，希文的大女儿去看她，才告诉了她一件真相。

希文和塔姆幸福生活着的那些年，阔皮除了杀人之外，几乎什么坏事都干过了。眼看着身体里的音越来越少，他就去庙里烧香认罪。他原本是想为自己求得一枚免死金牌，在沉默的残生里赎罪。可就在他拿到免死金牌的那一刻，心中对于希文的爱和恨一起涌了上来。

“希文才是那恶的源头！”他喊道。

可寺庙里的大师不同意在希文不到场、不同意的情况下，给她做一枚免死金牌。

于是，阔皮就拿着手中的牌，到峡谷外让人造一个真金的免死金牌，写上希文的名字。但他不知道的是，银匠见他那副醉鬼样，给他做了镀金的，照样收了黄金的价钱。

“既然希文老太知道那是假的，为什么不回乡，去黑河……”我问。

“她写的是，她对塔姆有愧，对自己有恨，对阔皮有愧也有恨。她觉得自己接受这份惩罚是应该的。”张阿姨说。

“那之后，希文老太和阔皮还见过面吗？”我问。

“见过。就一面。那天我正好也在。”张阿姨说。

那时，希文已经一百五十岁了。一个背弯得几乎与双腿成直角的老头子来看她。

两个人面对面躺着，四目相对了一个小时，一言不发。

希文抹过一次泪，阔皮抹过无数次泪。

“我看到他萎缩的喉咙、无牙的嘴，和他那副拱桥一样的身体，感到沉默已经把他折磨得半人半鬼了。还有什么不能原谅的呢？”希文在回忆录中写道。

与希文见过面后不久，阔皮就去世了，死在他发现希文的那个地方。发现他的人，就地把他埋了。

希文逐渐在沉默中找到了乐趣。她开始学习汉语，并试着将自己的经历记叙下来，写成了一本回忆录。

“哼唱和说话就像冲了个热水澡一样，让人畅快；沉默则像泡澡，只要够久，就能去除身上厚厚的污泥。”她在回忆录中写道。

“她让我帮她投稿。”张阿姨说，“我试了。但是没人愿意出版，都说没有听过什么音桶族。有不客气的还问我，老人家是不是脑子有病。”

我不知该说什么。

“至于这免死金牌，老太太让我拿去卖废铁呢。”张阿姨苦笑。

“可惜这回忆录了。”我说。

“姑娘，你要是喜欢，就把它们都拿走吧。老太太也活不久了，看到这些，我心里难受。替她难受。”

我怀抱着那块锈铁和那本厚厚的回忆录，慢腾腾地走回宿舍楼。

白山福利院的夜晚静极了。

# FRAGMENTED

*by*

Andrew Liptak

▽

# 碎　片

[美] 安德鲁·利普泰克　著 / 杨 嵘　译

安德鲁·利普泰克，美国作家和历史学家，作品散见于杂志《克拉克世界》《光速》，以及科幻平台 Tor. com。

每天早上一醒来，这句话就会钻进我的脑袋：“战甲就是你的防护，战友就是你的亲人。”

我们列队站在军事基地里的时候，这句话不停地锤击我的脑袋，导致我始终记不住这个军事基地的名字。队列歪歪扭扭，因为战争已经让我们筋疲力尽。尽管身边战友们的战甲都一模一样，我还是能认出他们大部分人，这些和我一起接受训练、一起在这该死的重力井底受罪的家伙们。我们都曾怀疑过自己能否活着撑到最后，撑到退役。

“全体，立正！”排长一声令下，我们都条件反射般地对齐立正，一阵金属碰撞水泥地面的巨大声响回荡在预制组装房里。终于迎来了最后一次行动，马上就可以回家了。我的手掌开始冒汗，尽管身上覆盖着冰凉的金属外壳。

一枚能量手雷炸开，撕裂了我脑袋上方的那面墙。我急忙躲避，压低身子，爆炸掀起的水泥和金属支架下雨似的落在我们排藏身的散兵坑里。我听见萨达斯基的咒骂，一个脑袋大小的水泥块刚刚擦过了他背部的肩甲。

“你怎么样？”我一边冲他大叫，一边抖落乒乒乓乓砸在身上的石块。有那么一会儿，我还担心这些零碎会不会在新配发的战甲表面留下擦痕。但很快我就不再闲操心了。一阵更猛烈的射击从街道那边扫过来，更多的碎块散落四周，我赶紧缩回散兵坑中。

尘埃落定时，萨达斯基冲我竖了竖大拇指。我笑了一下，贴着散兵坑的边缘探出头去观察。头盔上的AI辅助视具自动开始快速扫描两侧高楼上的每一扇窗户，搜寻敌人枪口的闪光或者颜色区别于砖石的士兵制服。我通过枪上的瞄具紧盯着前方的建筑，一扇窗户一扇窗户地寻找。

暗处的敌人突然开火，枪弹打得墙上坑坑点点，我们当即隐蔽起来。“萨达斯基，占住街道！”我冲他大喊。

他回了个“收到”的手势。下一秒，他们火力组的三名战士就冲出己方战线，移动到了街道的另一边。我冲着自己的小组打了个手势，三人一起小心翼翼地爬行到对面的人行道上，在砖石堆后寻找掩护。

突然，我看到瞄准镜片上反射出身后的枪焰闪光，与此同时，头盔显示器也发出红色报警，一发子弹正向我的头部飞来。我本能地僵在原地。时间在这一刻仿佛停滞。颈部的铠甲收缩起来，准备为我对抗突如其来的冲击。随着一阵金属的撞击声，头部传来一股冲力，头盔被子弹击中，略微有些变形。尽管子弹的威力被金属铠甲下的凝胶层分散了，我还是被冲击得单腿跪地。

我站起来，掉转枪口，瞄准正俯视着我的敌人，一枪把他打倒，对方一脸诧异。

我瘫倒在地，呆坐了几秒钟，枪声似乎都已远去，我只能听见头盔里自己的喘息声。

"我还活着。"我喃喃自语，胸腔里心脏的跳动证明这是真的。金属包裹的手指触摸到头部中弹的位置，那儿好像有一个凹陷。我不停地在口中重复着这句话。我竟然没死，我甚至觉得自己已刀枪不入。

可当我看向萨达斯基时，却发现一枚大口径子弹已经把他和他的战甲打成一地碎片。那天夜里，我的双手开始抽搐。

第一次瞥见战甲与后勤保障中心的无菌工作室时，我打了个冷战。走进去之后，我惊讶地发现眼前的技师身量竟如此矮小。我走向桌子、灯具和容器组成的半圆形工作台时，他露出一副烦闷的表情。各种工具从天花板上垂下来，头顶的白炽灯给整间屋子镀上了一层金属光泽。我不喜欢这种感觉，不由得起了一身鸡皮疙瘩。

"站到工作台中央去。"他冷漠地命令道。这让我突然心生怒火，想象着自己在一秒钟内把他揍得不能自理的画面。这一闪而逝的冲动让我不寒而栗，我将双手垂在身体两侧。这一刻我在想，自己在战前也这么暴躁吗？可我记不起来了。我听从他的命令，站了上去。

技师走到我身后，我听见一阵嗡嗡的排压声，他开始拆解我的战甲了。他动作快得惊人，不一会儿就拆下了密闭式头盔上的一个部件。随着头盔被打开，冷风吹过我的脸庞。我低头看向工作台，发现部件的右上角有一个浅坑，仿佛在提醒我刚刚可能会死在那儿，再也回不来。

在雨季攻坚战的最后阶段，大家都已经筋疲力尽。我们排着一列纵队在浓密的灌木丛中穿行。四周的丛林仿佛伸着无数双手，试图把我们拖拽进去。我们已经离开最近的基地五十天了，没办法休整，连一顿像样的饭也吃不到。现在终于可以前往撤离点了。

这场战役在我们的战甲表面留下了深深的伤疤。走着走着，我突然意识到战甲的通信设备都沉寂了下来，也不用去管周围的战友到底在什么位置。我们终于要回到基地，远离那些不眠的夜晚和激烈的战斗，可以松一口气了。我们已经不再是两年前刚刚登陆这颗行星的菜鸟了——那时的我们士气高昂、渴望战斗，而现在我们只想回家。

有人拍了一下我的肩膀，“长官！”耳麦里传来卡南吱吱的声音。我转过头去，看见他的铠甲伤痕累累：面甲的嘴部有一道碎片打出的裂缝，胸甲上是一大片被近距离箭弹打出的刮伤。看着他头盔面甲的反光，我意识到自己已经忘记了他的长相。“谢谢您，”他打断了我的思绪，“您在这一个月里救了大家——也救了我——很多次，我不知道如果没有您会发生什么。”

我笑了起来，尽管知道他看不见我的笑容，然后拍了拍他的肩膀，“你也救了我……”我嗓音颤抖。他朝我竖起了大拇指，我可以想象出对方的表情。他跌跌撞撞地回到队列里，然后……突然飞向了半空。再次睁开眼时，我发现自己仰面倒在一棵树旁，身体一动也不能动，耳朵里还有爆炸的轰鸣。

我咳了起来。战甲保护性收缩后，肺部就没办法顺利呼吸。“解锁！该死，松开我！”我冲着战甲吼叫，随后感到腿部放松，可以坐起来了。我环顾四周，寻找自己的枪，发现它被压在了身下。爆炸把我掀飞的时候，战甲一直紧紧攥着它。我举起枪，准备射击任何冲过来的敌人。但灌木丛里什么都没有，整个丛林一片寂静。

肋骨传来一阵剧痛，我低头，看见一块金属以奇怪的角度向外凸起。我抓住它，把它拔了出来。骨折的剧痛让我大口喘气，一股热流钻入腹部，是潮湿、闷热的异星空气。我站了一会儿，努力在头晕目眩中保持平衡。周遭的树都被炮弹击碎。我又弓起背咳了起来，突然发现树林间有一片战甲的闪光。

卡南躺在几米之外，一部分身体嵌进了树根里。我向他跑去，全然不顾头盔显示器发出的警报和肋骨的疼痛。我滑过去，停在他身边，随即整个人都僵住了。爆炸撕碎了他的战甲：胸甲和腹甲已经完全碎裂，一部分碎片被爆炸掀飞。他的右腿没了，左腿也所剩无几。我轻轻把他拉出树根，抱在怀里。

“下士，撑住，我们得回到基地。”我对他说，“卡南，咱们走！”他的身体很沉，我想他哪儿也去不了了。

他的双眼直愣愣的，死寂地盯着丛林的树冠。

自那之后，我每晚都难以入眠。

技师从我身上拆解下战甲部件，仔细地逐一检查，再整齐地放进一旁的预制箱内。在我们刚结束训练，第一次来到这颗星球时，每人配备了一只箱子。我看过去，想知道那预制箱是不是当初的装备箱。当时新发的战甲看起来那么大，锃光瓦亮；而现在，静静躺在箱子里的它们已经千疮百孔。

技师又拆下一个部件，我感到喉咙有些呼吸不畅。

“你这儿缺了个部件，产品序列号是——”他从工作台的某处调出了全息维修手册，“ICA-43298。”他在我面前张开双手，比画了一下大小，“是个小玩意儿，一块手甲？”

我摇了摇头。

他叹了口气，在全息光幕上点了一下，缺失部件的窗口变成了红色，“后勤部会为此扣你钱的。”

我才不在乎。

彼得斯死了，在我们执行任务，检查坠落在我方防线后的敌军空舰时。我们在高山峡谷中小心翼翼地穿行，头顶是导航的无人机，枪炮声从背后传来。

那是一艘在大气层外的轨道空舰，曾在我方战线上轰出了一个大口子。但它被地空导弹打了下来，那可真是价值连城的一击，迫使它脱离我们头顶的轨道，坠落在地。我们的任务是搜寻幸存者。大家接到命令的时候都暗自嘀咕——哪还能有人活着；即便有，我们也不想在这样的打捞任务中丢掉小命。尽管不情愿，我们还是出发了。命令就是命令。

彼得斯走在最前面，作为尖兵，她把枪高高举起，掩护正前方。我们四周散落的空舰碎片仍在狂暴地燃烧着。没有活人，船员都在爆炸中化为了粉末。我们仔细检查了空舰残躯，然后安上炸弹，以彻底摧毁它。随后，我们退到了安全距离之外。

爆炸把空舰点燃成了一个大火球，我们欢呼了一阵子，然后准备撤离。彼得斯转过身去，又看了一眼爆炸的深坑，突然毫无征兆地倒了下去。后来我们发现，一块爆炸的碎片刺穿了她的战甲。从那以后我只要一闭眼，就噩梦连连。

技师从我的胸甲上扯下一大块部件，放在他面前的工作台上。咣当一声，我吓了一跳。他要么没看见，要么根本就不在意我的反应，继续拆解下一个部件。

“该死。”他在我身后咒骂着。我想早点离开这间屋子，离开白晃晃的灯光。

我感觉到他正用力拽着超出我视线范围的另外一个部件。“嘿，轻点儿。”我终于忍不住跟他说。

他耸了耸肩膀。

战争结束了。

我们围在哨站里看屏幕上的任务简报，不敢相信这条消息是真的。异星政府给自己的部队下达了最后命令：缴械投降。长达五年无休无止的战斗终于结束了。尽管知道萨达斯基、卡南、彼得斯他们都走了，早就被装进了盒子里，我还是看向他们本来应该坐的位置，希望可以和他们一起庆祝。

“根据停战条款，我们会撤出大部分军队。首先是步兵，其他部队在随后两个月中陆续完成撤离。”我们聚集在一起听新排长的命令，“先去战甲控制中心进行清洁和维护，然后……”

我不再听她后面关于撤退安排的话，脑子里还在想着战争结束的消息。这场战争吞噬了我们所有人，夺取了我身边战友的生命，使我们孤独无依，只有无数亡魂陪伴。它就这样结束了，仅凭一份简单的声明。我不知道这是不是自己想要的结果。

技师卸除了战甲的所有剩余部件之后，给了我一身衣服穿上。这套衣服是装在真空袋里运过来的，为了节省运输舰的空间。它散发着一股消毒水的味道，是数光年外母星上那些化工产品的臭味。穿上衣服后，身体空荡荡的，仿佛迎风而立。没有了战甲，我觉得自己赤身裸体，孑然一身。

技师一件一件收起他的工具，一句话也不说。我向外走去。战甲碎片散布在工作台表面，破烂陈旧的样子和洁净的无菌室格格不入。一名军士过来清洁这些碎片，挨个放在现成的清洁柜里，看都不看我。我停下脚步，看着战甲组件一个个没入柜子里。他冲我指了指，示意我去外面的广场上列队。我进来前也站在那儿，孤独地站着，周围是战友们的亡魂。

我想起了那句让我在战场上活下来的咒语："战甲就是你的防护，战友就是你的亲人。"所有东西都被剥离：我的皮肤、我的朋友、我的家。我虚弱不堪，走到门边的时候，冻得哆嗦了一下。我感到自己正在四分五裂，赶紧摩挲了下藏在手心里的一块手甲。我深吸一口气，走出门去。

# FOLDING FAN

*by*

Cai Xuheng

▽

# 折　扇

蔡旭恒

蔡旭恒，科幻作者，广东广州人，痴迷于融合哲学思考和细腻情感的科幻作品，尤爱刘宇昆，作品见于《不存在科幻》。

本文为《银河边缘》中文版专发篇目。

自从爸爸离开之后，妈妈就像变了一个人。

每次我按捺着激动的心情，问她能否来参加物理竞赛颁奖典礼的时候，她总是会面露难色。尽管在物理这一科上我已经拿了许多奖项，但每一张奖状的手感总是不尽相同——有些纸面粗糙如沙砾，有些光滑似绸巾。而我真的很希望当自己接过它们的时候，妈妈能在我身边，哪怕仅仅一次。

“怎么，你又要去做什么？攀岩，下海，还是从哈利法塔上跳下来？”纵然习以为常，我仍会不自禁地感到失望。

“我真的很想陪你去，但是我明天就要去撒哈拉沙漠了，下周恐怕赶不回来……”她总是这样回答，神情恳切。

我不知道妈妈怎么了。她隔三岔五便一个人去世界各地玩各种危险的运动，一会儿跳伞，一会儿蹦极，一会儿又独自闯入某个热带雨林。而且，越是看起来没有足够保护措施的活动她就越爱参加。

她的身上总是带着或新或旧的伤痕，有些会愈合，有些却永远不会。每当我看着她艰难地给自己涂药，心头总是涌起一阵悲伤，进而感到强烈的愤怒。

“你这是中了什么邪，妈妈？你为什么总是拿自己的性命开玩笑？”我经常无法克制地歇斯底里。

“孩子，我现在没有办法向你解释，你以后会明白的。”她的眼神仿佛满含哀伤。

我气愤至极，奔入自己的房间，砰的一声把门合上，靠在门背后泪流不止。

我不知道一个接受过传统教育的中国女人为什么会如此不顾自己的安危，甚至不顾及自己的女儿。她从前并非如此。我的妈妈，曾经也是一位普通的中国母亲，每天下班后煮饭，做家务，给女儿准备第二天的早餐。她也和其他母亲一样小心谨慎，牵着孩子过马路时会不住地提防四周，去到人生地不熟的地方便不敢天黑后出门，甚至连海滩上的滑翔伞都不敢玩。

然而，自从爸爸离开之后，那个娇小安静的东方女子便消失不见了。

我的爸爸是彼岸公司一艘探险船的船长。在我还只有五六岁时，他便已驾着他的飞船，与许多其他探险船一起穿梭于太阳系的各个角落，为公司勘探各个星球潜在的矿藏资源。这个我口中“开飞船的”爸爸，曾经为我赢得了同学们无数艳羡的目光，旧金山的华人社区也以爸爸为傲。似乎在新硅谷拥有一份探险船长的工作对于爸爸的意义远不同于一个普通的美国人。

但是他一点也不像一个“开飞船的”。相较而言，他更像一个研究文史的儒生。他的书房布置得像古代的文人书斋，四壁挂了丹青书画，桌椅书柜都是花梨木所制，案上文房四宝一应俱全，甚至还有一只小香炉。

小时候，我经常在爸爸的书房玩耍。他总是摇着一把折扇，念诵诗词给我听。只是他所念的诗词，却不是寻常念给孩童听的“鹅鹅鹅，曲项向天歌”或是“江南可采莲，莲叶何田田”。记忆里，只见他折扇轻摇，抑扬动听的节律便从口中流淌而出。

黄鹤断矶头，故人曾到否？旧江山浑是新愁。[1]

我当时虽不明白词中之意，却觉得韵律十分动听。午后的阳光透过纱窗落在爸爸晃动的折扇上，也被摇成一团光影。光下轻尘流转，仿佛空间也在轻轻地摇动。

爸爸和妈妈各有一把折扇，妈妈曾说那是两人的定情信物。爸爸的折扇上题着一首只有半阕的小词，笔画纤细，轻盈娟秀，是妈妈所书。

纤云弄巧，飞星传恨，银汉迢迢暗度。金风玉露一相逢，便胜却、人间无数。[2]

另外半阕则在妈妈的折扇上，笔画浓重刚健，是爸爸所书。

柔情似水，佳期如梦，忍顾鹊桥归路。两情若是久长时，又岂在、朝朝暮暮。

爸爸在短暂的休假期间，总是会和妈妈在书房一起写字，我就在旁边饶有兴致地观看。有时兴起，我便扮作教书先生的

---

1. 刘过《唐多令》(南宋)。
2. 秦观《鹊桥仙》(北宋)。

样子，把左手一背，右手在卷上指指点点，口中念念有词，“这一字不错……那一字太瘦了，可惜！”爸爸妈妈总是笑得直不起腰。

探险船船长的工作虽然听起来很酷，但每次休假结束后，爸爸便要有三四个月不能回家。每到临别前夜，我总是哭着不肯睡觉，无论爸爸妈妈如何安慰都不奏效。直到有一次，爸爸为了安抚我，拿出一个黑色的箱子，箱子上有一根像天线的东西。

爸爸打开箱子，一边指着里面的按钮一边说：“爸爸要是很久没回来，你就走到院子里，把天线对着天空，按下按钮……像这样……一短，一长，再一短，爸爸收到信号就会回来了。”

妈妈用手肘撞了他一下，责备地说：“孩子胡闹，你怎么也跟着胡闹？这是公司的设备，怎么可以给孩子玩儿？”爸爸握住她的手，轻声道：“没关系，我一定会按时回来，你们不会用到它的。”

那时的我还不知道，这个黑箱子采用了当时最新的技术，能以极大的功率向一整片空域发射信号，然而由于发射信号耗能极大，箱子又因便携的目的而设计得很小，信号的内容便只能使用最原始的莫尔斯电码，以节省能耗。

妈妈从未允许过我使用这个黑箱子，她总是说：“爸爸的工作很重要，不可以打扰他。”爸爸也总是恪守他的承诺，每当我在航期日历本上的最后一个方格里画上红叉，他的飞船总会如期划破大气，降落在旧金山湾畔彼岸公司的起降场上。

我十三岁那年，彼岸公司成为世界上第一家把空间折叠技术投入商业运营的公司。

“想象一张平铺的白纸，”爸爸向我解释这个技术，用的是几乎人人都听说过的例子，“纸上画有两个点，从一个点走到另一个点的最短距离就是两点的连线。假如将这张纸折起，使两个点贴在一起，那么两点间的最短距离就变成了零。”

“我知道，爸爸，连小孩子都听过了。”我从小就对物理特别感兴趣，早就听说过这些理论。

彼岸公司准备派遣一批探险船，利用空间折叠技术分别把它们送往太阳系临近的几个恒星系勘察。爸爸的飞船将是其中之一，他的目的地是伍尔夫359星。

空间折叠技术需要以巨大的引力使空间发生变形，现有的技术没有办法在飞船上装配相应的装置，只能靠地球上的装置使空间发生折叠，产生通道供飞船通过。同理，当探险船回程时，也需按照约定的时间到达约定的空域，通过由地球引发空间折叠产生的通道回程。

妈妈握着爸爸的手，眉间难掩担忧之色。“一想到要和你隔着七光年的距离，我就有种不安的感觉。”

但她知道那是爸爸的工作。她从来不对爸爸的工作指手画脚。

爸爸启程的那一晚，我和妈妈坐在院子里的草坪上，仰头看着群星闪烁的夜空。临近折叠启动的时刻，我目不转睛地盯着一小片星空，努力尝试着找出空间变化的痕迹，尽管我知道那是徒劳。我想象着头顶的空间像一张巨大的白纸缓缓折起，直到和伍尔夫359星所在的空间重合，而爸爸的飞船就像针线一样从那个重合的点中穿过。

妈妈的手中握着折扇，下意识地将它微微展开，扇面上露出了那半阕词的第一句。

柔情似水，佳期如梦，忍顾鹊桥归路。

也许那时，妈妈便已经预感到那无尽的星河将横亘在她和爸爸之间。

第一次勘探任务十分顺利。爸爸走下飞船舱门的踏板时，我们像迎接战争英雄一样将他团团围住。“他们走入无人涉足之地，以光年的尺度拓宽了人类航行的边界。”当日的《旧金山时报》如是写道。那天晚上，爸爸迫不及待地向我和妈妈讲述旅途的奇遇。讲到兴奋处，远行带来的疲惫一扫而空。我们在院子里的星空下听着七光年外的奇遇，想象着在空间通道中如梭穿行，仿佛还能看见伍尔夫359星投射在飞船金属外壳上那瑰丽的光辉。

首次勘探的目的是掌握恒星系的基本情况。基于第一次任务取得的数据，公司制订了更为详细的勘察计划。一年后，爸爸再次登上他的飞船，执行对伍尔夫359星的第二次勘探任务。

那一次，当我在航期日历的最后一格画下红叉后，爸爸却没有回来。

当通向比邻星、巴纳德星和勃兰得2147星的空间通道依次打开的时候，前往那些星系的探险船都出现在了通道的这一端。可是没有飞船从伍尔夫359星的通道返航。折叠空间耗能巨大，因此通道并不能持续打开。很快，开启的通道又再度关闭。

接到电话时，我和妈妈正在院子里望着夜空。电话那头的声音我听不见，可看妈妈的脸色一下子变得苍白，我立刻明白了。

那天晚上，我翻箱倒柜地找出那个黑箱子，把天线对着伍尔夫359星的方向，一遍又一遍地发出信号：短——长——短；短——长——短……尽管我知道这些信号没法穿透阻隔在我和爸爸之间的漫漫空间。湾区的夜幕繁星低垂，我的信号仿佛落入茫茫大海，不会激起一丝波澜。

不久后，彼岸公司两次开启通向伍尔夫359星的通道，派遣救援船前去搜救，但是得到的回复都是在预定的勘探地点没有见到任何探险船的踪迹。最终，公司无奈地宣布爸爸已经遇难，并开始每月向我和妈妈提供高额的抚恤金。

但是妈妈坚信爸爸还活着，“我能感受到……我知道他还在那里，在某个地方……”一夜又一夜，我和妈妈仰望星空，思索爸爸究竟到了何处。

“他一定遭遇了什么意外，所以没能按时赶到约定的通道开启地点。或许，当他发现自己错过了通道开启时，就决定向地球的方向行驶。飞船上的自循环系统和光电池足以维持他的生命和飞船的航行，但他会变老，会在抵达地球之前便早已死去。他知道自己到达不了地球，但也许他希望能和地球……和我们靠得近一些。”

作为一名经验丰富的探险船船长，他应该知道最正确的做法是留在原地等待救援，但他没有。这就是我和妈妈百思不得其解之处。

后来，我渐渐接受了爸爸不会再回来的现实。生活还得继续，我时常这样劝妈妈，但她始终坚信爸爸还活着。从那时起，她辞去了工作，开始满世界乱跑。

学校里大部分要求家长陪同的活动总是我一个人参加，家长会上妈妈的位置总是空的。每当老师问起，我都不知该如何回答。我总不能告诉老师，妈妈正忙着攀岩、蹦极或是跳伞。

那也罢了，学校的事终归是我自己的事。

我无法接受的是，她总是参加那些会给她留下一身伤疤的危险活动。我不得不怀疑爸爸的离去使她患上了某种心理疾病。每当她受伤，我都警告她下次别再去做类似的傻事。当然，她总能找到新的受伤的方法。

直到有一次，她从乞力马扎罗山的某个峭壁上摔下来弄伤了腿，我赌气没有再到医院去看她。她时常打电话给我，讲述她的经历，但我不想听。她也会关心我在学校的生活，但那只会让我变得烦躁，因为她根本不了解。我和她的对话越来越简短，也不再关心她究竟又去了哪里，做了什么愚蠢又危险的事。

十八岁生日的晚上，妈妈坚持要和我一起度过。我只好不情愿地把我的生日派对改到了前一天。

妈妈亲自下厨，做了一桌我从前最喜欢吃的菜。即使过去了这么多年，她的厨艺仍然如此精湛。从那一桌菜里，我竟久违地瞥见了从前那个温柔母亲的影子。

饭后，我们静静地坐在桌边。我有些不自在，不知道应该和她说些什么。就是那时，妈妈突然告诉我，她要去找爸爸。

她说她用积蓄和抚恤金购买了一艘退役的飞船，并联系了一位爸爸从前的挚友。那人现在是彼岸公司的高管，可以帮她弄到公司开启空间折叠的时间表。在通往伍尔夫359星的通道开启的瞬间，她会紧随而入，去找寻爸爸。她还说，她参加完我的高中毕业典礼之后就出发。

我猝不及防，一瞬间震惊得说不出话来。反复确认她说的不是假话之后，我忽然悲愤难抑，起身夺门而出。

“孩子，你听我说完……”她急切的声音从身后传来。可我并没有停下脚步，头也不回地奔出门外，只想跑得越远越好。

我在漆黑无人的街道上狂奔，心乱如麻。五年前爸爸离开了我，如今妈妈也要离我远去，钻进那七光年之外的空间皱褶里。找到爸爸的希望如此渺茫，而妈妈却要舍弃身边的女儿，去寻找自己生死不明的丈夫，我无法理解她。

从那天到高中毕业典礼，我都没有回家，借住在一个朋友家里。

毕业典礼开始时，我躲在礼堂舞台厚重的天鹅绒帘幕背后，向台下望去。妈妈穿着她一直珍藏在衣柜深处的那件旗袍，坐在家长席的第一排，目不转睛地盯着台上，神情紧张而期待。

同学们排成一列列走上台去和校长握手，领取毕业证书，和校长合影，然后满脸笑容地向台下的父母挥手示意。

念到我的名字时，我把心一横，缩在帘幕背后没有出去。我从帘幕的缝隙中望出去，看见妈妈的表情由期待转为焦急，又从焦急转为失望。

直到典礼结束，妈妈都一直坐在第一排的座位上不安地四处张望。我在帘幕背后紧闭双眼，心中矛盾不已。我仍然希望她能突然醒悟，回心转意。

典礼结束后，妈妈站起身，彷徨而不知所措地四处走动，想在喧闹的人群之中找到我。她拉住路过的老师和学生焦急地询问，得到的回应都是摇头。过了一会儿，她看看手表，又向四处望了一圈，终于不甘心地离开了礼堂。

我仍然蜷缩在映着舞台暗黄色灯光的紫色天鹅绒帘幕里，尽管热得满身是汗，心中却如坠冰窟。我在心里暗暗希望妈妈会折回会场，奔上舞台，拨开层层厚重的帘幕来到我身前，就像小时候她推开房门，轻轻拨开厚被子，找到缩在床角闹脾气的我一样。然而半个小时过去了，这一切并没有发生。

终于，我知道她不会回来了。我再也无法忍耐，站起身冲出学校，拦了一辆出租车，向彼岸公司的发射基地赶去。

刚到发射基地门外，我便远远望见发射场上一艘飞船拖着明亮的火焰飞升而上。那一条耀眼的火光沿着弧线划过深紫色的夜空，渐渐黯淡，化作一个光点，最后消失在群星之间。我呆呆地站在基地前空旷的地上，仰头望着星斗纵横的夏夜，伫立良久。

我漫无目的地行走，失魂落魄，竟在不经意间走到了家门口。我打开门走了进去。家里收拾得干干净净，妈妈似乎什么都没有带走。桌子上放着一封信和一把折扇。我展开那封信，信上是妈妈手写的娟秀小字。

女儿，如果你看到这封信，那就说明妈妈没能最后见你一面，把想说的话告诉你。

我知道我不该抛下你去寻找你爸爸，但是我必须这样做。五年以来的每个夜晚，我的心中一直有一个声音在告诉我他还活着，仿佛他在呼唤我前去寻找他，而我无法抗拒。我无法压抑想去找他的冲动。

所以，在他离开之后不久，我就下定决心要去找他。我知道我出发得越晚，找到他的可能性就越小，但我放心不下你，我不能就此丢下你。于是我决定等你成年了，能够自己独立生活之后再出发。

这些年来，我总是强迫自己去挑战自我。你曾经问我怕不怕，我很怕，怕得要死，但我知道自己必须变得天不怕地不怕，才有可能找到他。你知道我曾经连过山车也不敢坐，失重会让我眩晕呕吐，但我必须想办法克服。宇宙是一个太危险的地方，远远比我参加的任何运动危险得多，我必须为此训练自己。

我知道你很可能无法理解，我也知道自己是一个不称职的母亲。你和你爸爸都是我最爱的人，我无法做出选择，但又必须选择。女儿，对不起。

妈妈

我终于克制不住自己，流下了眼泪。妈妈不知道，当我躲在礼堂帘幕背后看见她慌张失落的神情的那一刻，我早已原谅她了。

信旁的折扇正是爸爸送给妈妈的那一把。我拿起来，将它展开，发现原本空白的背面也题上了字，墨迹新干，是半首《钗头凤》。字迹瘦细娟秀，正是妈妈所书。

春如旧，人空瘦，泪痕红浥鲛绡透。桃花落，闲池阁。山盟虽在，锦书难托。莫、莫、莫。[1]

选择大学专业的时候，我根据自己的兴趣选了物理。我在物理这门学科上似乎有特别的天赋，大学的前两年我便修完了本科的所有课程。于是，根据导师的建议，第三年我开始进行本科研究。选择研究方向时，我又毫不犹豫地选择了空间折叠。

爸爸的失踪之谜一直在我心头萦绕不去。我废寝忘食地钻研空间折叠的理论，期冀能找到些许蛛丝马迹，至少能暗示他可能的遭遇。在内心深处，我与妈妈一样，始终相信爸爸仍然活着。

妈妈坚信爸爸会回来，所以他离开之后，她从不曾收拾他的物品。家中的摆设与他离开之前无异。直到大学毕业那年，因为搬家，我不得不着手收拾父母留下的物件。在阁楼上一个

1. 陆游《钗头凤》(南宋)。

装旧文件的大纸箱里，我找到了爸爸从前的日记本。

在航行途中，爸爸每天要写两份日记。飞船的航行日志是工作的一部分，必须以严谨的格式书写；除此之外，他还会在自己的日记本里记下旅途的见闻。

我翻开那本竹色封皮的日记本，里面的内容我无比熟悉——每一次航行回来爸爸讲述的那些经历，都曾化作过我长夜睡梦里奇幻历险的故事——如今它们像多年未见的老朋友从日记本里跳出来，亲切地问候长大的我。

我一页一页地翻看。日记本的最后几页是爸爸在第一次前往伍尔夫359星时写下的。在那之后，这本已经写尽的日记本便躺进了旧文件堆。爸爸第二次，也是最后一次执行空间折叠任务时，带的是一本新的日记本。仿佛命运漫不经心的排布，这本日记本里最后记录的故事，也是爸爸讲给我听的最后的故事。此后时空杳茫，再无音信。

我抚摸着爸爸在遥远星系写下的字迹，想起夏夜里他摇着折扇讲过的那些故事，想象着折扇里摇出的七光年以外的微风，一时间怅然不已。

就在那时，我看到了那段文字。

日记本的最后一页记着几行数据。我略略一看，应当是飞船上的仪器记录的物理参数。页边的留白处用红笔写着一段小字：摘自航行日志。测量于通过空间通道时。与理论计算有几处出入。已报工程部，原因不明，疑为测量误差。未影响任务执行。

我看着这段文字，陷入了思索。这件事我并不知情。看起来是当年爸爸执行第一次任务通过空间通道时，仪器录得的空间物理参数与理论计算值有几处差异。爸爸报知工程部，工程部认为是测量误差，且未影响任务，就没了下文。爸爸仍有疑惑，所以把数据从航行日志摘抄到了日记本上。

这些异常数据是否与爸爸的失踪有关？我警觉起来。爸爸失踪后，公司进行了全面的调查，这些异常数据在第一次航行的航行日志里和工程部均有记录，在调查时一定被重新研究过。可能公司的工程师们仍然没能弄明白这些数据存在差异的原因。

这是我第一次得到可能与爸爸失踪有关的线索，我岂能轻易放过？我当即取来纸笔和计算机，在铺满尘土的阁楼地面上开始计算。这组数据描述的是空间通道内空间的物理属性。我反复核验，数据与理论计算值的确有几处出入，且从差异的大小和出现的位置来看，确实很像是测量误差。

如果爸爸此后执行的几次任务均无异常，我大概也会将这些差异归为测量误差，但是执行第二次任务时某种事故发生了，使得这些数据愈发可疑。这些数据一定与爸爸的遭遇有关。

此后的一个星期，我反复研究那组异常数据，但进展不大。若这组数据并非误差，则通往伍尔夫359星的空间通道中的空间结构远比想象之中复杂。

每当遇到难题时，我总是习惯性地把玩妈妈留下的那把折扇。我总是在想，爸爸的离去对于这个女子是多么大的打击，但是她不仅未被击垮，反而做出了令人讶异的决定——亲身踏入未知的空间。展开折扇，看着上面娟秀的字迹，我能感受到她的勇气。折扇开合之间，我总能想明白一些事情。

此时我看着手中的折扇，若有所思。

我向彼岸公司投递了一份简历。

自从爸爸失联后，彼岸公司一直向妈妈和我发放高额的抚恤金，足以在妈妈不工作的情况下支撑我们的生活。妈妈离开后，公司仍然对我十分优待，支持我读完了大学。我递去简历，很快便获得了面试邀请。

彼岸公司的总经理盖尔先生亲自担任面试官。这个长着一张瘦削长脸的中年男人斜靠在椅背上，脸上挤出职业的冷淡微笑。

“我想先说明一点，你父亲曾是我们公司最优秀的员工之一，但你仍然需要凭自己的本事获得这份工作。你知道，我们公司从来没有过让本科应届毕业生直接担任项目负责人的先例。”他上下打量着我，“你在简历里说你的研究可以给我们公司节省大量成本，对此你能否详细阐述一下？”

我早有准备，不慌不忙地说：“据我所知，彼岸公司每年都要派遣大量飞船前往邻近的几个恒星系。而现有的空间折叠技术只能将空间中的两点连接在一起，也就是说，只能开启点对点的空间通道。如此一来，派遣飞船前往不同的区域便需要分别开启不同的通道。然而空间折叠耗能巨大，每一次开启都意味着沉重的成本负担。我说的没错吧？”

盖尔点点头，摆正了身子，瘦长的脸更显得棱角分明。“你的解决方案是？”

我从背包里拿出妈妈的那把折扇，将它轻轻展开。“解决方案就在这里，”我把折扇展示给他看，“这是一把折扇，扇面上的折痕把整个扇面分成了许多长条形的小扇面。假如我们在每一个小扇面的同一位置各画一个点，然后把扇子合起来，假设扇面的厚度忽略不计，所有的小扇面会重合在一起，而所有小扇面上标记的点会重合为一个点。”

总经理脸上的表情难以捉摸。

我继续说：“想象这整个扇面是一大块空间，而每一个小扇面是空间的一块区域，假如我们对这个空间施以合适的引力，使得它像这把折扇一样折叠起来……”我一边说一边把手中折扇慢慢合起，“那么我们便可以开启一条连接这个空间每一块区域的通道。通过这个通道，我们便可以在一次折叠中将飞船送往不同的空间区域。”

盖尔先生站起来，似笑又似叹气，喃喃道：“太像了。你和他太像了。”

“什么?”我不明所以。

盖尔负手于身后，说道:“你不是第一个提出这个设想的人。”

听到这句话，我心中的惊讶远大于失望。总经理走到我面前，拿过我手中的折扇，仔细端详了一下，说道:“当年空间折叠技术投入应用之初，你父亲就已经拿着一把一模一样的折扇——不对，上面的字好像有点不同——来和我们讨论过这个设想了。当时点对点的空间通道都尚未试验，你父亲却已经在思考如何一次将飞船送往多个目的地了。他确实是一个有远见的人。”总经理似乎有点出神，大概是想起了当年的下属兼好友。

我没想到当年父亲从他的折扇里也得到了同样的启发，于是不由自主地问道:“结果呢?为什么公司没有实施这个设想?”

盖尔回过神来，解释道:“这个设想能节省大量成本，我和几位高管自然是很感兴趣的，当时便送交工程部进行可行性论证。不过工程部研究之后认为，我们对于空间折叠中空间结构的了解太少，以目前掌握的知识，扇面空间折叠不太可能实现。因此这个设想便没有立项。”

他拿起扇子，一边比画一边说道:“想象一把合起来的折扇，假如我在这些叠在一起的小扇面的中心钻一个洞，再把一缕棉花穿过这个洞，当扇子突然张开，最有可能出现的情况是这一缕棉花被撕裂，变成许多细丝。所以，按照这样的方式开启空间通道更有可能出现的情况其实是，在把折叠空间复原回去的过程中，这些飞船被撕扯成许多碎片，散落到每一个区域之内。这个问题如果不能解决，这个设想就没有意义。”

“不，这个问题有可能解决。”我脱口而出。

此时，总经理的面部线条柔和起来，似乎在等待我进一步解释。我取出爸爸的竹色封面日记本，翻到最后一页，递给他看。盖尔接过日记本，扫了一眼，道：“我记得这件事。当时调查你父亲的事故时，这些异常数据也是重点关注对象，不过研究了很久都没有什么进展。”

我问道：“前往其他星系的飞船可曾录得异常的数据？”

盖尔摇头。我接着说道：“如果这些异常数据并非误差，计算得到的空间结构就会与已知的空间通道的结构大不相同。而从其他飞船录得的数据来看，由贵公司设备开启的空间通道的结构是符合理论计算的，并无异常，所以工程部认为这些异常数据是测量误差。”

总经理表示同意：“正是这样。”

我接着说道：“然而前往不同星系的空间通道并非完全相同。假如我们用手指将一张白纸对折，白纸只受到手指的力，那么白纸会完全按照我们用力的方向折叠。空间便是这张白纸，我们的空间折叠设备便是这手指，但是宇宙中可不止一根手指在影响空间。在地球与伍尔夫359星之间的空间通道附近另有一个大质量星团，我认为这个星团的引力对折叠的空间造成了影响。本来空间像白纸一样平整地对折，但现在引力的作用在白纸的边缘增添了一些褶皱，就像这把折扇一样。”

总经理若有所思，缓缓道：“你认为你父亲是落入了一片意外产生的扇面空间？”

我点点头，“这些小褶皱就如同主航道边上的一些小旋涡。爸爸第一次执行任务时或许是与旋涡擦身而过，并未落入，而第二次时却偏离了主航道，落入了旋涡。”

盖尔沉思半晌，猜测道：“那么，如果你父亲还活着，他有可能落到了伍尔夫359星和地球之间的任何一块空间。也有可能……有可能他在穿越褶皱时就被……”

我闭上了眼睛。总经理说得没错，但我还是无法放弃父亲还活着的想法。

总经理把对话拉回了面试：“刚才你为什么说扇面空间折叠的技术难题可以解决？”

我指着日记本上的那一页，说道：“当时工程部认为难以实现，是因为我们对于如此复杂的空间结构一无所知。如果我的猜想是正确的话，我父亲录得的这些数据就代表着一个天然扇面空间的空间结构。有了这些实地测量的数据，未必不能攻克这个技术难题。”

盖尔盯着那组数据。他瘦削脸庞上的表情告诉我，他已经被说服了。

我拿到资金后，用最快的速度建造了一个试验设备。

扇面空间折叠的设想确实没有这么容易实现。将飞船精准地送到指定的空间区域，这在理论上有可能实现，但是需要空间拓扑学作为支撑，而目前这方面的研究还差之甚远。要想得到那些知识，就得依赖于巨量的数据和繁复的分析——以及漫长的时间。实现最终目标所需的时间难以估量。

我此次建造的试验设备正如总经理所说，只会将送入的物件撕成碎片。

在每一个清朗的夜里，我都会透过玻璃幕墙凝望星空，手中握着妈妈的折扇。折扇本是一对，爸爸的那一把随着他流浪在星辰之间。我轻抚手中之扇，心中难以自抑地想着，远在数光年之外的爸爸，是否也在看着他的折扇，与我一样思潮起伏。

爸爸的折扇曾经启发了他，让他提出了扇面空间折叠的设想；妈妈的折扇又暗示了我，让我重新论证了扇面空间折叠的可行性。我抚摸着扇骨，心中默祷，期望它下一次开合之时可以引领我回到他们身边。

用于试验的扇面空间折叠设备建设完成的那天，我让辛苦了几个月的同事们早早下班，自己独自留在发射基地。

我静静地坐在操作室，手中握着妈妈的折扇。窗外夜色清朗，明月高悬。

按照计划，这是我的项目产出的第一个试验品。但我知道这将会是一次失败的试验。假如现在开启扇面空间折叠，将任何物品送进通道，它都会被无情地撕裂。

我坐到控制面板前，呼出一口气，然后在自己设计的面板上操作起来，开启了扇面空间折叠装置。我把空间端点设置为地球和伍尔夫359星，然后毫不犹豫地启动了空间折叠。

此刻，以地球和伍尔夫359星连线为直径的空间，正在缓缓合起，像一把看不见的巨大折扇，被分为一个个小扇面，逐渐趋于重叠。

我拨动另一块面板，把一台大功率电磁波发射器对准了夜空中空间通道开启的那个点，以最大功率发出了一段夜夜在我梦中响起的信号：短——长——短。

这段电磁波将穿过扇面折叠的空间通道。根据我的计算，它将被撕裂成许多段振幅减小而波形不变的较弱电磁波，每一段会分别进入一个小扇面空间，并在其中扩散。这就像在每一片空间区域的中心位置安装了一个广播信号塔。我用这把七光年跨度的折扇对地球和伍尔夫359星之间的广阔空间进行了一次广播，广播的内容只有爸爸妈妈听得懂——回家。

再过几分钟，我还将再次开启广播，把彼岸公司计划进行的每一次空间折叠的开启时间和地点向这片无垠的空间播报。

我向窗外望去，一轮明月浑圆如玉。不知道妈妈最终有没有找到爸爸？不知道他们俩现在在什么地方？如果他们在地球和伍尔夫359星之间的空间，应该可以收到我的讯息，然后赶往最近的空间通道开启的地点。

月色空灵，为控制面板铺上一层清辉，天地之间静谧无声。明天，盖尔和公司的其他高管将会来旁观这场激动人心的试验。试验失败之后，他们会拍拍我的肩膀，告诉我不必气馁。是的，通过扇面空间的精准传送终有一天会实现，给公司带来可观的利润。而我藏在这第一次试验之中的小小私心无人知晓。

我低头看着手中的那把折扇。爸爸的字浑厚饱满，仿佛游龙将欲破纸飞出。柔情似水，佳期如梦，忍顾鹊桥归路。翻过背面，妈妈的字空灵秀丽，正似流云浮于扇面似动未动。山盟虽在，锦书难托。莫、莫、莫。爸爸和妈妈的字各在一侧，被那薄如蝉翼的扇面分隔开来。

我小心翼翼地把折扇合起，想象着爸爸和妈妈就在那其中的某一个皱褶里，正准备跨过空间的长河，回到自己身边。

# NEKROPOLIS

*by*

Maureen McHugh

▽

# 墓　城

［美］莫琳·麦克休 著 / 罗妍莉 译

莫琳·麦克休，美国科幻作家，以其小说短小精悍的风格在科幻界引起强烈反响，凭借《林肯列车》（*The Lincoln Train*）获得1996年雨果奖最佳短篇小说，目前共出版四部小说和两本短篇作品集。

我是如何接受诫使的？嗯，就跟大多数接受诫使的人一样，我让人给卖了。当时我二十一岁，一天之内被接连转手三次。最开始，我被卖给一个贩子。他看了看我的牙齿和耳朵，又让我做了增强扫描，然后转给了另一个贩子。我坐在他的交易结算室里喝茶，跟一个牙齿漏风的男孩聊天。这男孩本要被卖给一位餐厅老板当店员，但最后那天下午，是我被卖到了那位餐厅老板手里。餐厅老板并不真想要那个男孩，因为这个职位是为他妻子那边准备的。

我从二十一岁起就跟着现在的主人，那已经是很久以前的事了，现在我都二十六岁了。我是个好学生，成绩很好，所以被买来后，负责监督保洁和后勤事务。这比当个漂亮姑娘、不得不靠脸蛋吃饭要强多了，那种情况我用不了几年就没饭吃了。我姿色平平，下巴方正，头发也是普普通通的。

我喜欢我的主人，喜欢我的工作。但现在，我想去找他，请他把我卖掉。

“迪雅特，”他会如慈父般握住我的手问，“你在这儿不开心吗？”

“马尔丁－萨拉，”我会这么回答，假装认真盯着脚趾，“您就像父亲一样，我和您在一起太开心了。”就算没接受诫使，这也是我的真心话。即便重获自由，我也不会介意成为马尔丁家的一员。大部分时候，马尔丁都对我视若无睹，而我就喜欢这样。我喜欢自己的工作和房间，也喜欢被诫使的感觉，这会让事情变得更简单。

如果不是因为新来的那个家伙，一切都很不错。

我对AI没意见，也不介意清洁机那种可怜的东西。作为家中掌管女性住处家务的总管，我一直在和家用智能机器打交道。我从小成长的环境并不复杂，还相当保守，但我跟人工智能相处得十分和谐。“神圣禁令”并不意味着所有的AI都令人厌恶，但AI不应该以生物构造为基础，更不应该以人类的形象来制造。

而它，有自我概念，有名字，还有性别。

它认为自己是男性。它是家中掌管男性住处家务的总管，所以认为我们应该一起工作。

它的外表看起来如同人类男性，一头卷曲的黑发，柔软的蜜色肌肤。它朝我暗送秋波，乜斜着眼看我，乌黑的双眼让人想起瞪羚，一副容易受伤的样子。它对着我微笑，半点儿不像容易受伤的模样。“来吧，迪雅特，”它说，“我们是同事，应该做朋友。我们都很年轻，以后在工作中互相多帮助。”

我懒得回答。

它坏笑起来。（但我知道它不坏，它只是人工造物，遵循预设的程序行事，没有灵魂。我还没那么保守，不至于谴责克隆，但它并非克隆体，而是一种生物构造。）“迪雅特，”它说，“你怎么这么一本正经的？告诉我，是因为你被诫使了吗？”

我不知道它了解多少，是否懂得诫使是怎样的过程。“《第二古兰经》说，正如鹰不是因脚带的束缚而归顺，而是被驯服的那样，接受诫使的仆人也应该是因感情和责任而臣服，而不是因为锁链。”

“那《第二古兰经》有没有说过，无论是什么都不该让你觉得伤心呢，迪雅特？”

难道非人的造物也会亵渎神明？

早晨，马尔丁把我叫进他的办公室，给了我一杯茶，汤绿透明，带着花朵的芳香。我呷了一小口，目光盯着自己的凉鞋和粉红色的脚指甲。他一页页地翻看着我递交的晨间报告，不停地点头，发出欢喜的声音，间或啜上一口茶。下午和晚上，马尔丁都在餐厅里。我从来没去过那儿，但知道那是个与众不同的地方。

“下午你打算干吗？”他问道。

今天下午该我放假。“跟发小卡丽去购物，马尔丁-萨拉。”

“啊，”他微笑道，“多花点儿银子，”他说，“给自己买对儿耳环什么的，我会确保信用没问题的。”

我喃喃道谢。他夸张地作翻页状，纸张互相摩擦，发出低低的沙沙声。

“你觉得那个哈尼怎么样？阿赫米姆，他干得还成吗？”

“我没花那么多时间跟它在一起，马尔丁-萨拉。它是替男人那边干活的。”

“迪雅特，你是个老派的姑娘，这很好。”马尔丁－萨拉把报告放到稍远一点的地方读着，摆出一副非常庄重的姿势，“哈尼接受过社交方面的培训，但没有经过实践。销售商建议我把它派出去，尽量多跟人见面交谈。”

我扭了扭脚趾。马尔丁在称谓上已经不再把它当作人来看待了，这很好，但现在他想让它跟我一起出门。“我要到卡丽在墓城的家里去见她，马尔丁－萨拉，那地方带着个哈尼可能不合适。”墓城是个保守的地方。

马尔丁－萨拉轻快地挥了挥手，“一切正常，迪雅特。”他指的是面前的报告，“我妻子要求你在床单上多洒点儿香水。”

他妻子觉得我太小气了。马尔丁－萨拉喜欢自诩节俭持家，其实并非如此。家里花钱如流水，银子从墙里往外涌，沿着街道哗哗流进了城里每个人的口袋。我可以肯定，是她想把哈尼买下来。她就那样，喜欢玩具，在自己身边围满了各种东西，还要投影出更多来，直到真假难辨。她很可能是一看到它，便想要据为己有，就像那只长毛小狗一样——讨厌的小东西，法蒂娜必须喂它吃饭、给它洗澡。法蒂娜是她的贴身侍女。

我希望马尔丁能忘掉哈尼的事，可他没有。没有缓期执行的可能了，我只好带着它一起出门。

午饭后，它正在等我。我身穿淡紫和鹅黄的衣裳，手腕上系着长长的黄丝带。

“果然是被诫使束缚了呀，迪雅特。”它说，“要不然的话，你才不会带我一起去呢。”

我当然被束缚了，出门的时候，我总会缚上丝带。“《第二古兰经》上说，丝带既象征着对无上之神的忠诚，也象征着对尘世之主的忠诚。”

它用修长的手指捋过卷曲的头发，摇了摇头，金耳环舞动着。虚伪，伪装成人类。其实，我猜即便是哈尼，它的头发或许也会跑进眼睛里去。“你怎么会心甘情愿被诫使束缚呢？”它问。

“诫使只会提升我的自然天性。”我答道。

“那你为什么会这么伤心？”它又问。

“我没伤心！”我厉声回答。

“对不起。”它马上说。谢天谢地，我们下到地铁站的时候，它悄无声息。我指一指要往哪个方向走，它就点头跟上。我在地铁上找到了一个座位坐下，它就站在我面前，俯视着我微笑。我觉得它看起来就像是在可怜我。(虚伪！清洁机会觉得谁可怜吗？又会可怜它自己吗？家用智能会吗？哈尼体内的化学反应可能与人类同出一辙，但却是经过仔细计算的。)

它穿着一件白衬衫。我继续盯着自己的脚指甲。

我们在墓城的城边下了车，就在白鹰寺那一站。一支身穿白衣的送葬队伍站在寺庙外，我可以隐约闻到炽热空气中的香味。从凉爽幽暗的地铁站出来后，我顿觉阳光炫目，寺庙人员和哀悼者的长袍都让人难以直视。送葬的人正有说有笑。他们往往遍布全国各地，彼此多年未见。

哈尼四处张望着，如孩童或寒鸦般好奇。墓城里到处是白色的石头，一道道门廊通往黑暗。

我是在墓城长大的。这里没有自来水，每天会有一辆硕大的水箱车送水来，供人们购买使用。我有一个姊妹，两个兄弟。我们住在毗邻的三个陵墓里，而不是公寓，除此之外，我的童年与常人无异。我妈妈售卖纸制的葬礼装饰品，所以墓城是非常适合她居住的地方，毕竟，不是每天都有长途地铁经过这里。我们住的地方很古老。我的床边就刻着埋在墙后那人的生卒年，3673年到3744年。那一家人几百年前就死光了，从来没人到这座死屋来供过纸花和纸鸟。事实上，在我四岁那年，我们从一位老妇人那儿买下了这个地方的使用权，之前她的家人在这里住过很长时间。

我们家总是散发着肉桂的气味，还有我妈妈在她卖的纸花和纸鸟上喷的香水味。在中间的那座死屋里，到处都摆满了筹备丧事用的物件。我们要吃饭的时候，就在地板上清理出一块空地来，坐在中间，四周围绕着那些物件。我还是个小女孩的时候，就学会了各种纸的不同用途。我妈妈用半透明的纸扎成康乃馨；用看起来像缎子一样、却硬邦邦的脆纸扎成玫瑰；还用带有亚麻质感的硬纸扎成自负的猎鹰。我们这些孩子身上都浸染了香水味，我和卡丽一起过夜的时候，她会张开双臂环着我的腰，在我的颈边低声耳语：“你可真好闻。”

我是不会等哈尼的。它必须自己跟着我。它没有信用，乘不了地铁，如果一不留神迷路了，它就只能步行回家。

走过一个半街区，我回头看见它正跟在我身后，长长的卷发凌乱地披散在肩上，脸蛋无邪地对着太阳。它喜欢阳光照在皮肤上的感觉吗？很有可能，这是一种基本的生物快感。它必定也喜欢吃东西这种事。

卡丽跑了出来，脚步轻盈。“迪雅特！”她大喊道。卡丽仍然住在我家对面，但现在有了丈夫和一个漂亮的两岁女儿塔丽娅姆。那孩子胖乎乎的，还在蹒跚学步，一头乌发，纯净的肌肤色如琥珀。小女孩正靠在门口站着，大拇指含在嘴里。卡丽攥住我的手腕，手镯叮当作响，“别在毒日头底下站着了！”她的目光瞟过我向后看去，问道：“这是谁？”

哈尼站在那儿，一只手搭在臀部，微笑着。

卡丽放下我的手腕，略微拉了拉自己的玫瑰色面纱。她微笑着，认为我带来的当然是个英俊的年轻人。

“这是个哈尼，”我笑着说，声音尖厉而紧张，“马尔丁－萨拉要我带着他。”

“哈尼？”她问，声音里透着怀疑。

我挥了挥手，“你知道的，女主人总是想要玩具。他负责男人那边的家务。”我用的是“他”，但指的其实是“它”。“它是总管。”我没有刻意纠正，以免引她注意到这个错误。

“我叫阿赫米姆，”它流畅地说，“你是迪雅特的朋友吗？”

它一副跟我很熟的样子，让我很生气。它竟然站在这儿，站在我家门前的街上，假装是个男人，毫不在乎我的清誉。它若真是男人，那我到底陪着个陌生男人在做什么？而如果人们知道它是哈尼，那也一样很糟糕。在墓城，人们甚至连清洁机那样的AI都不喜欢。

“卡丽，”我说，“我们走吧。”

她又看了哈尼一会儿，然后回到小女儿身边，把她抱了进去。要是平时，我会跟进去，坐下来跟她的母亲埃娜聊聊天。我会把塔丽娅姆抱到腿上，希望自己也能有这么个小女儿，小巧的指甲无可挑剔，一身洁净甜美的奶香。室内环境经过严格调控，应当是凉爽而阴暗的。我们会吃吃蜂蜜糖，喝喝茶。我会穿过马路，去看我的妈妈和最小的弟弟，现在家里就他一个小孩儿了。

哈尼站在街上，盯着地面，似乎很不自在。它没有看我，至少还算礼貌，没让人觉得我们是一对。

卡丽走了出来，手镯叮当作响。我们买东西的时候，她并没留意那个哈尼，但它一直跟着我们，她便常常会回头瞥上一眼。我回头一瞟，它就会露出纯真的微笑。它似乎完全满足于就这样慢吞吞地跟在后面，看着市场上那些支着红色天篷的货摊。

“也许你应该让他和我们一起走，”卡丽说，“不理睬他似乎很无礼。”

我笑了，心里绷得紧紧的，“它又不是人。”

“它有感情吗？”卡丽问。

我耸耸肩，“勉强算有吧。它是人工智能。”

“它看起来可不像机器。”她说道。

“它本来就不是机器。”我被惹恼了。

“既然不是机器，它又怎么会是AI呢？”她追问。

“因为它是制造出来的，由技术人员创造的一种人工基因合成体，在某个地方生长出来的。”

“人类基因吗？”

“多半是吧。”我说道，“也许还有些动物的基因，也可能是那些人凭空造出了新的基因，我又怎么知道？”它正在破坏我本该过得很愉快的下午时光。“我希望它会主动提出要回家。”

“说不定他不能这么做呢。”卡丽说，“如果马尔丁－萨拉叫他来，他就一定得来，是不是？”

我对哈尼确实一无所知。

“这好像不公平。”卡丽说完，叫道，“哈尼，过来。”

他歪了歪头，非常机警，“是，女主人。”

“哈尼有关于品味的指令吗？”她问。

“您指的是什么，食物的味道吗？”他问道，“我是有味觉的，跟您一样。只不过，”他笑着说，“我个人好像并不是那么喜欢樱桃。”

“不是，不是。”卡丽说，“是颜色、服饰。你能帮着挑一挑吗？比如说耳环？”

他走过来瞧了瞧，挑选了一对金色掺玫瑰色的泪珠形珐琅耳环，举到她面前。“我觉得自己的品位并不比普通人好，”他说，“不过，这一对儿我喜欢。”

卡丽蹙额，从睫毛底下看着他。她已经让我把它想成是“他”了。现在，她正跟他调情呢！卡丽！一个已婚妇人！

“你觉得呢，迪雅特？”她问道。她接过耳环，把其中一只举到脸旁，“这对儿是挺漂亮的。”

“我觉得很俗气。”

她不痛快了。但说实话，她戴着确实合适。

她朝我皱起眉头。“我买了。”她决定道。摊贩说了个价格。

“不，不，不，”哈尼说，“你不该买，这人在抢钱呢。”他伸手去碰她，好像要把她拉开似的，我诧异地屏住了呼吸——就跟那东西可以碰她似的！

但是摊贩连忙插嘴，给了个低点儿的价格。哈尼讨价还价起来。他很会讲价，但这也理所应当，因为他没有同情心，才不会管那摊贩呢。慈善是属于人类的美德。《第二古兰经》说：“若人有危难，人人皆应待之如子女。”

他们没完没了地讨价还价，但到了最后，耳环归卡丽了。

“我们应该停下来，喝点儿茶。”她说道。

“我头疼，”我答道，“我觉得该回家了。”

“如果迪雅特病了，我们是该走了。”哈尼说。

卡丽看看我，移开了目光，似是自觉有错。她的确该觉得自己有错。

我沿着过道往前走，准备获取家用AI数据。哈尼也在，它显然很忙，但还是等着我，“我马上就弄好了，不会碍你的事。”优美的手指和腕骨，俊美的脸庞，黑色的卷发正好垂到衬衫领口的位置。它被制作得相当考究。清瘦，长腿，像只猎犬。技术人员创造它的时候，知道它长大后会是什么样子吗？它的设计符合美学吗？

它取了报告，走到一旁，但并没有继续工作。我没有理睬，背对它站着，自顾自地干活，只当它不存在。

“你为什么不喜欢我？”它终于问道。

我思索着该如何作答。我可以说，它只是一件东西，谈不上喜欢或不喜欢，但那不是真话。我喜欢我的床，我的各种东西。“因为你太傲了。”我对着系统说道。

只听嘶的一声，它惊诧地倒吸了一口气，“我……傲吗？”

“你太放肆了。”我的声音差点失控。每当有哈尼在身边的时候，我就很讨厌自己说话的口气。

“对……对不起，迪雅特，”它嗫嚅道，“我没什么经验。

我都不知道惹到你了。”

我心中一动，很想转过身去看看它，但我没有。我提醒自己，它并不是真的感到难受。它只是一件东西，没有感情，跟鱼差不多，甚至比鱼还无情。

“拜托了，请你告诉我，我哪儿做得不对。”

“你的行为方式，包括现在这种对话。”我说，“你总想让大家觉得你是人。”

哈尼沉默了。它是在思考吗？或者，说“运算”更合适？

“你是在责怪我之所以是我，”哈尼说着，叹了口气，“但我只能做自己。”

我等着它再多说几句，但它没有。我转过身，它却不见了。

从那之后，每当看到我的时候，只要有机会，它就会找个借口避开。我不知自己是否觉得庆幸，但我心里确实很不舒服。

我的任务并不复杂：负责看管清洁机，在不会妨碍到女主人的时候，放它到家中女性住的这边自由活动。我虽受马尔丁诫使，侍奉的却是女主人。但我很庆幸只是侍奉，因为法蒂娜受女主人诫使，不得不忍受很多折磨。我总是小心翼翼的，从不在她面前怪女主人不好，让她去怪那只在地毯上乱拉的笨狗好了。她也知道女主人不讲道理，但是，当然了，感性上而言，她是受感情和责任约束的。

每周五上午，女主人通常都待在房间里，为她周日的《碧思梅客》扮演游戏做准备。每周五下午，她都会和朋友们一起出去玩泰尔牌，聊些不在场的夫妇的八卦。我会在每周五下午打扫卫生。唤来清洁机时，它就像条狗一样跟着我，沿着走廊往前走，在护壁板上嗅来嗅去，寻找灰尘。

我打开门，闻到玫瑰精油的香味。这间屋子已经变了样：白色大理石地板上嵌着金色和紫水晶色的纹理，上面铺着紫色地毯；火盆和洞开的巨大窗户外，是一条由柱子支撑的走廊，狭长的走廊尽头是一片薰衣草花海。这是女主人为《碧思梅客》设置的背景：一名青年正站在走廊读一封信，一个女孩站在他身后，脸上泪痕斑斑。

这是互动幻象，人物均由性格特征列表生成。《碧思梅客》游戏的主持人是谁，这些投影就由谁控制，再经家用AI加以充实后，就会变得愈发有血有肉。其他人进入游戏后，会变成设定里的人物，参与投毒案的角色推理或享受一段风流韵事。女主人将背景设定在古代，似乎相当受欢迎。她有些朋友在游戏中兼具两三种身份。

女主人外出时一般会把投影关掉。小清洁机停了下来，它分辨得出现实和投影之间的不同，但女主人曾经命令它永远不要进入投影，因为她说，看到这东西在墙壁间嗅来嗅去的样子，会破坏她对另一个现实的感知。我把手伸到屏幕后面，将投影关掉，这样我就可以打扫卫生了。这个场景消失了，就连平常的投影也消失了，只剩下女主人的一个个房间和光秃秃的墙壁。“去吧。”我对机器说，自己则到女主人屋里去搜罗要洗的东西。

然而，女主人竟从卧室里走了出来。我吓了一大跳。她披散着凌乱的长发，穿着家居袍，显然没有要出去的意思。看到我在大厅里，她惊讶地停下了脚步，随即脸色阴沉下来，美丽的浓眉朝着眉心蹙起。我本能地开始后退。“哦，女主人，”我说道，“对不起，我不知道您在家，很抱歉，我这就带着清洁机走，马上就走，我还以为您出去玩泰尔牌了呢，我应该先跟法蒂娜确认一下的，这是我的错，女主人……”

“你把他们关掉了吗？”她质问，“你这傻丫头，你把扎林和妮西娅给关掉了？”

我默默地点头。

“噢，天神哪，”她说道，“没用的丑丫头！你完全昏了头吗？你觉得既然他们在这儿，我还能不在吗？就算没人搞破坏，要把他们准备好已经够难的了！”

“我这就重新打开。”我说。

“什么也不许碰！”她尖叫道，“法蒂娜！”女主人的《碧思梅客》颇受欢迎，法蒂娜总是向我解释说，女主人得费多大的劲儿才能想出有趣的新场景，好让她的朋友都参与进来。

我不停地退啊退，提醒清洁机别出声，而女主人则一边跟着我在大厅里向前走，一边嘴里尖叫着“法蒂娜！”。我后退时，眼睛盯着女主人，无意间撞到法蒂娜身上，后者正好走进门来。

“你没跟迪雅特说我今天下午在家吗？”女主人问道。

“当然说了。”法蒂娜回答。

我目瞪口呆，“你没说！”

“我说了，”法蒂娜说道，“你当时在门口。我清清楚楚地告诉过你，你说你会晚点儿来打扫。”

我开始替自己辩解，女主人却一巴掌扇在我脸上，“你够了，丫头。”然后，女主人让我站在原地，自己破口大骂起来，时不时地伸手去拉扯我的头发，拽得我生疼。她当然相信法蒂娜，但那个女孩显然是在撒谎，好避免受罚。我不敢相信法蒂娜竟这样对我，她害怕得罪女主人，但她一直都是好姑娘。而我，是无辜的。我的脸颊火烧火燎的，脑袋也给拽疼了，但更糟糕的是，我气得不行，丢脸更是丢到家了。

最后，女主人准许我们离开了。我知道自己也该怪一怪法蒂娜，但我只想逃走。在外面的走廊里，法蒂娜死死地攥住我，攥得那么紧，指甲都掐进了我胳膊的软肉里。“我告诉过你，为了星期六的事儿，她都快疯了。”她悄声耳语，“我真不敢相信，你居然干出这样的事！现在，她整个晚上心情都会特别差，而我就成了为此受罪的那个人！”

“法蒂娜。”我抗议道。

“别跟我‘法蒂娜’这个那个的，迪雅特！她要是不扇我一巴掌，那就是天神显灵了！”

我已经挨了一巴掌，而且这根本不是我的错。我把胳膊从法蒂娜手里抽出来，沿着走廊往前走去，尽量维持着尊严。我脸颊滚烫，马上就要哭出来了。隔着泪水，一切都变得模糊，所以我躲进布草间，坐在一个大盖篮上。我想离开这个地方，不想给那个老女人干活了。我发觉自己在这个世界上唯一的朋友就只有卡丽，而现在，我们相距如此遥远。我深受伤害，孤苦伶仃，只好暗自哭泣。

布草间的门开了，我转过身，心想：“走开，不管你是谁。”

“哦，不好意思。”哈尼说。

至少它会走开的。但一想到身边只有这个哈尼，我就越发觉得孤独，忍不住抽泣起来。

“迪雅特，”它迟疑地问，“你还好吗？”

我没法回答。我想让它走开，但又不想。过了一会儿，它凑到我背后问道：“迪雅特，你生病了吗？”

我摇摇头。

我能感觉到它站在那儿，不知所措，但我不知该如何是好，我哭得停不下来，觉得自己傻透了。我想妈妈了，纵然她除了提醒我这世界不公之外，别无所能。妈妈信奉面对现实的态度。她总是说，要坚强。这让我哭得更厉害了。

过了片刻，我听到哈尼离开的脚步声。我正沉浸于自怜自哀中，甚至为此又哭了一阵。跟难过相比，自觉愚蠢的感受开始占了上风，但我别扭地意识到自己哭得很痛快。这些眼泪一直堆积在我心里，与日俱增，而我自己甚至都没发觉。

然后，又有人进来了，我再次挺直了脊背，假装正在检查毛巾。来的除了法蒂娜不会有别人。

然而，是哈尼带着一盒纸巾回来了。他蹲在我身旁，脸上满是关切："给你。"

我尴尬地抽了一张。要是事先不知情，你会以为他就是个普普通通的男人，他身上甚至有股清爽的男子气息，就像我的弟弟。

我擤了擤鼻子，心想不知哈尼以前哭过没有，"谢谢你。"

"我担心你病了。"他说。

我摇摇头，"不，我只是生气。"

"你生气的时候就哭吗？"他问道。

"女主人很生我的气，是法蒂娜的错，可被骂的却是我。"说到这里，我又哭起来，但哈尼很有耐心，只是蹲在我旁边的床单中间，拿着那盒纸巾。等我回过神来，才发现旁边垒了一堆皱巴巴的纸团，有些已经掉到地上去了。我抽出两张纸，开始折成一朵花，就像我妈妈做的那样。

"我对你那么刻薄，你为什么还对我这么好？"我问。

他耸了耸肩："因为你又不是故意要对我刻薄的。这让你很难过。我很抱歉让你这么不舒服。"

"但你也没办法，你本来就是这样。"我说。我的眼睛多半哭红了。我敢肯定，哈尼从来不哭。他们太完美了。我盯着那朵花。

"你不也一样?"他说道，"马尔丁-萨拉让你在休假日带我出门的时候，你甚至连朝他发火的自由都没有。我知道，这就是你朝我发火的原因。"他的眼睛长得像我弟弟法辛（法辛的睫毛长长的，像女孩子似的）。

一想到马尔丁-萨拉，我就略有些头疼，便转念去想别的事。我忽然想起了什么，惊恐地捂住嘴："哦，不。"

"怎么了?"他问道。

"我想……我想法蒂娜的确告诉过我，女主人会在家的，可是我当时在想……在想别的事，就没留意。"我当时就站在门口，想着哈尼是不是在附近，因为那是我最有可能与它邂逅的地点。

"这再自然不过了。"他说道，尽管他自己是完全非自然的造物，"如果法蒂娜没受诫使，她很可能更能理解的。"

我提醒自己，他表现得这样亲切，不过是照着预设的指令行事而已。我不该把人类的动机安在AI身上。但我之前待他并不公平，而现在，他是整个家里唯一一个拿着盒纸巾陪我坐在床单堆里的人。我把纸花抖开，让花上的皱褶鼓起来，放到床单中间。白色纸花，葬礼上用的花。

"谢谢你……阿赫米姆。"他的名字不怎么好念。

他笑了:“别难过了,迪雅特。”

我小心翼翼,尽量避开女主人的目光。法蒂娜对我很礼貌,但并不友善。她客气地向我问好,然后就继续干她手头的活儿去了。

一天晚上,是阿赫米姆这个哈尼拦住了我,对我说:“女主人要我们明天去‘碧思梅客’帮忙。”这不是第一次要求我参加,但一般都是法蒂娜来通知我,告诉我该怎么做。不过,最近一段时间,我一直试着对阿赫米姆好一点儿。跟他说话很轻松。而且跟我一样,他在家里也是孤零零的。

“我们应该扮什么?”我问道。

哈尼不屑地挥了挥修长的手指:“那还用问,仆人呗。那是怎么玩的?”

“《碧思梅客》吗?”我耸耸肩,“就是角色扮演游戏呀。”

“就像孩子们的游戏吗?”他问道,神情有些疑惑。

“嗯,是也不是。这游戏到现在已经持续好几年了,有几百个不同的角色。”我说道,“女士们都有自己要扮演的角色,你得记住称呼她们角色的名字,别用真名,必须假装这一切都是真实的。各种各样的事情都会发生:人们会陷入困境,他们得识破精心策划的阴谋来摆脱困境;人们会得些怪病,每个人都号称自己的感情永远不变。女主人曾把她最好的朋友扔进监狱里关了一段时间,法蒂娜说这很受欢迎。”

他瞅了我一会儿，长长的睫毛眨动着。“你是在逗我吧，迪雅特？”他一脸难以置信。

“没有，是真的。”我笑着说，事实也确实如此，“阿赫米姆，没人会真的受伤或觉得不舒服。”

我觉得他拿不定主意该不该信我。

星期六下午，我穿了件异教徒式的袍子，露出一侧肩膀。我兴许该承认，那让我看起来多么可笑。我扮演的可能是个服务员。投影虽然比真人看起来更漂亮，但若要分发真实的食物就不称手了。

我提早赶到女主人的房间，一股浓烈的熏香扑鼻而来，几乎带了点儿苦涩的味道。厨师正用我们自己的餐具摆放真正的食物，但桌子太高，没法坐在地板上，陈设的蜡烛和盛着大枣的黄铜碗看起来颇为古色古香。若没有投影，这张做工精致的桌子放在空荡荡的房间里看着就很奇怪，屋子里除了这张桌子以外，再也没有别的家具了。阿赫米姆正在帮忙，他带来了躺椅，这样客人们就可以倚在桌旁。他穿着一件及膝的白色长袍，棕色的凉鞋上有精致的交叉绑带。跟我一样，他也袒露着一边肩膀，但是哈尼看起来却风神俊雅。也许真会有人穿这样的衣服呢。我的肩膀和脖颈都裸露着，被一个男人看见自己这副模样，心中颇觉羞赧。我提醒自己，阿赫米姆就是阿赫米姆，他不是真正的男人，否则也不会出现在这里。女主人不会让男人出现在《碧思梅客》上，也不能到她的住处来。那样每个人都会很不自在，马尔丁-萨拉也绝对不会允许的。

阿赫米姆抬起头，对我一笑，走了过来。“迪雅特，”他说道，“法蒂娜说女主人的心情糟透了。”

“她紧张的时候，心情总是很差。”我说。

“我才紧张呢。”

“阿赫米姆！”我笑着说，“别担心啊。”

“我一点儿也不懂这种角色扮演的把戏，”他轻声咕哝，“我从来没有过童年！”

我握住他的手，捏了捏。他若真是男人，我根本不会碰他。“你会表现得很好的。反正我们也没有多少活儿可干，只要奉上晚餐就好了。你当然没问题，多半还会干得比我更出色。”

他咬紧下唇，我突然觉得他太像我弟弟法辛了，差一点儿流下泪来。但我只是再次捏了捏他的手。我也很紧张，但并不是因为上餐的事。自从上次出了清洁机那档子事之后，我就一直躲着女主人。

法蒂娜走进来，打开了投影，突然间，铺着白色大理石的房间在我们周围熠熠生辉，仆从如云，满是正在调音的乐师。躲进人群里让我感觉好了些。阿赫米姆扫视着四周，若有所思地说：“真是令人兴奋。”

来了五位客人。法蒂娜在门口迎接，然后带她们到衣橱那边更衣。这五个中年女子进来的时候，我把她们的角色名字告诉了阿赫米姆，这样他就知道该怎么称呼她们了。

乐师们开始演奏，全是投影，有男有女，斜靠在投影出的沙发上。我知道他们当中一部分人的名字。当然了，自有投影出的服务员为他们奉上投影食物。我真希望自己知道今天游戏的场景是什么，法蒂娜平时都会提前告诉我，但这些天她很少跟我讲话。很快，女主人就带着真正的客人进来了，她们都找到了真正的沙发就座，在沙发上互相交谈。最先上的是面包和奶酪，已经摆在桌上了，阿赫米姆得倒酒，而我则站着不用动，紧挨着一个投影仆人。即使只隔着这么点儿距离，投影看起来也像是真人，灰白的头发带着些异国情调。我问她叫什么名字，她悄声答道："米莉。"法蒂娜站在女主人的沙发旁边，狠狠地瞪着我。照理说，我不该让家政AI干额外的活计。

宴会的第一部分十分无聊。女主人的朋友偶尔也会站起身来互相耳语，或对着投影人物附耳低语，而投影人物也是如此。某种阴谋正在上演，人们看起来既紧张又兴奋。阿赫米姆和我对视了一眼，露出微笑。等到我上餐的时候，我对他悄声道："还不错，对吧？"

女主人的朋友们始终在场，但投影却变幻得飞快。我上次关掉的那对恋人的投影也参加了这次宴会，我猜他们现在扮演的都是重要角色。那个女孩的身份显然是女主人其中一位朋友的女儿，主线剧情应该和她有关。

这顿饭吃了差不多两个钟头后，女孩与她的恋人争执起来，起身准备离开——但她的眼睛突然向后一转，整个人倒在大理石地板上，浑身抖得像筛糠一样。众人的反应异常激动，投影人物纷纷冲向那个女孩，扮演女孩“母亲”的女子则被真实的女人们围绕着，端庄的姿态表现得颇为夸张。女孩的恋人歇斯底里地跪着哭泣。无论是疾病的突然发作，还是众人的反应，都让我觉得不舒服。我用目光搜寻着阿赫米姆，他站在墙边，手里拿着一大壶酒，正在认真观看着，神情若有所思。女孩的恋人把手伸到桌上，拿起她的酒杯，其他人全都盯着他。这个动作成了全场的焦点，只有白痴才想不到这动作有多么重要。“母亲”突然尖叫起来：“拦住他！这是毒酒！”众人又是一番歇斯底里，但他们的反应太慢了，那人已经将酒一饮而尽。“母亲”被她动作十分敏捷的朋友们“拉住了”，因为其他角色都是投影，她若是想要伸手去碰它们，看起来就会显得很傻。

这场闹剧和这些女人玩赏暴力的方式让我觉得尴尬。我回头去看阿赫米姆，他仍在观看。我真不知道他会做何感想。

有人唤来了医生，投影们匆匆忙忙地跑来跑去。女孩上演了一幕拖沓冗长的死亡场景，紧接着她的恋人也是如此。女人们毫不掩饰地抽泣着，包括法蒂娜在内。我双手交握，捏得紧紧的，看着地板。终于，一切都演完了。她们围坐在“餐厅”周围，讨论着这场戏，以及表演得何等高明。女主人看上去筋疲力尽，但心情大好。女人们一个接一个地漫步回去换装，然后离去，直到只剩下女主人和那位“母亲”。

“太棒了！”她还在不停地对女主人说。

“跟希克梅特生病那回一样好吗？”女主人问道。

“噢，是啊。真是妙极了！”最后，她俩也回去换装，法蒂娜跟随服侍，阿赫米姆和我则开始清理桌上的碗碟了。

“你觉得怎么样，”我问，“跟你想得差不多吗？”

阿赫米姆做了个不置可否的表情。

我把盘子叠在一起，丢在托盘上。阿赫米姆端起托盘，像侍者那样把它稳稳地托在肩头。他真的比外表看起来要强壮得多。“你不喜欢。”他终于开口。

我摇头，肯定了他的判断。

“为什么呢，因为不是真的？”

“因为里面的暴力。”我说道，“没人愿意过这样的生活，没人希望这些事发生在自己身上。”我正在收拾肥皂泡般绚丽的酒杯，有透明的蓝色和玫瑰色。

他站在那儿，看着我，那副模样就跟他刚才打量那些女人时差不多。我们在哈尼眼里是什么样呢？他外形俊朗，毫不费力地稳稳托着托盘，裸露的手臂和肩头的肌肉清晰可见。他穿着白色长袍的样子颇像个异教徒，完美无瑕的容颜永驻不变，甚至就连长长的卷发也似乎恰到好处。

我试着解释：“她们把自己的快乐建立在别人的痛苦之上。”

“它们只是投影。”他说。

“但它们看起来像真的，游戏的关键就是要忘掉它们是投影，不是吗？”我收拾的时候，杯子互相撞击着。

他柔声道：“她们就是些无聊的女人，生活中又有什么乐趣呢？”

我想让他明白，我跟她们有所不同，“你不能否认这影响了她们看待活人的方式，看看女主人是怎么对法蒂娜的吧！”阿赫米姆想打断我，但我却想把话说完，“她想要的是兴奋，就算是看着别人去死，看着别人发病。这没什么好玩儿的，除非有哪里不对劲儿。她们的所作所为是一种堕落，这是……这是罪恶！死亡不是娱乐。”

“迪雅特！”他喊道。

女主人一把抓住了我的头发，拽着我打转，我怀中的杯子全都掉到地上，摔得粉碎。

童年甜蜜。成年咸涩。请注意，并不是说后者没有回报，只是回报不同而已。童年的回报是快乐和愉悦，而成年的回报是力量。我受罚了，但罚得很轻，算不上多费力气的事儿。女主人揍了我一顿。她并没有真的伤我多重，只是动静忒大，吓人得很。我跪在碎玻璃上时划伤了膝盖，但伤得并不重。我被锁在自己的房间里，只准吃惩罚性的食物：面包和茶，外加一点儿奶酪。不过，我想要多少纸就有多少，于是我在房间里摆满了花。白纸做成的玫瑰和鸢尾，花瓣下弯，露出花心；雪白的马蹄莲形如号角；罂粟花和郁金香则呈现出天鹅绒般的质感。我的墙是白色，世界是白色，摆满了白色花朵。

“雏菊怎么样?”阿赫米姆问。他给我送来食物和纸。

“太无辜了。”我说，“雏菊只适合小孩儿。”法蒂娜向女主人建议让阿赫米姆看管我。她以为我讨厌他的靠近，但我找不到比哈尼更适合的伙伴了。他永远不会失去耐心，他来找我的时候，从来不会让我去关注他自己遇到的麻烦。他想学折纸花。我试着教他，但他除了笨拙地模仿我叠出的样子之外，什么也学不会。他说：“这是从你自己脑子里变出来的。”他灵巧的手指磕磕绊绊，将纸折叠、翻转。

“我妈妈还会折纸鸟。”我说。

“你会折纸鸟吗?”他问道。

我不想折鸟，只想折花。

我心里想着墓城。阿赫米姆干着他自己和我双份的活儿，所以白天很忙。大多数时候，我都是一个人。不折纸花的时候，我要么就坐在那儿，望着窗外，看着街道，要么就睡觉。很可能是因为我没有多少东西可吃，却可以睡上好几个小时。一个星期过去了，两个星期过去了。有时，我觉得必须离开这个房间，但接着我又问自己想去哪儿，这时便发觉其实没什么区别。这个房间和外面并无二致，这里反而更安全。

我想去的地方是墓城，我心里的那个墓城，但它已经烟消云散。我是家中长女，下面有妹妹拉里特，然后是弟弟法辛，最后是小弟弟米钦。在家里，我们四个表面上打闹，其实总是成双结对地玩耍。我总是跟弟弟法辛搭伴。被锁在这房间里，我想起了很多关于法辛和墓城的事。

我一觉醒来，吃了阿赫米姆带来的那点儿早餐，又接着睡。睡醒后我坐在窗前，或许会折折纸花，然后继续睡觉。唯一令人讨厌的是黄昏前后，我睡得太久，再也睡不着了，却又饿得腹如雷鸣。我心中烦躁，眼泪汪汪。阿赫米姆傍晚带着晚餐来时，我的感官总会受到强烈冲击，我要过一会儿才能习惯他的存在。他的音色变幻万端，与纸张相比，他的肌肤如此柔腻，犹如凝脂，更有质感，让我不知所措。

有时他会坐下来，双臂环住我的肩，让我倚在他身上。假装与他亲密相处无关紧要，因为他只是个哈尼，但我知道这是自欺欺人。我凭什么就能觉得他值得信赖呢？就因为他是造出来的，而不是生出来的？我从一开始就知道他靠不住，但实际上，不可靠的那个却是我。

他对我的童年十分好奇，说自己从来没当过孩子。为了将他留在身边，我给他讲了记忆中关于成长的一切，细数了所有孩子们玩的游戏。我教了他我们跳绳时唱的歌——用于挑选该轮到谁的时候的押韵歌——每个人都把拳头放在中央，随着每一次节拍，敲一下拳头，高声唱着：

“有一回我妹子有了一座房子，

后来她把房子留给了一只耗子，

唱一支歌，

说一个谎，

吻一下我妹子，

说一声再见。”

“这什么意思？”他笑着问。

“什么意思也没有。”我解释道，“就是一种选择该轮到谁的方式。该谁当狐狸，或者大家藏猫猫的时候，该谁拿扫帚。”我给他讲了狐狸和猎狗，讲了我弟弟法辛是怎样一个胆大妄为的家伙。有一次，他爬到卡丽奶奶家的屋顶上，企图沿着附近住家的屋顶逃跑。我也讲了妈妈是怎么罚他的，还讲了我们怎么打起来的。我推了他一把，他摔了一跤，跌断了锁骨。

“卡丽做什么工作？”他问道。

“卡丽结婚了，”我说，“她丈夫出去工作，指挥水箱车，就是送水的那种车。”

“你交过男朋友吗？”他问。

“交过，他叫扎德。”

“那你为什么不结婚？”他一脸天真。

“我们没成。”我说。

“这就是你接受诫使的原因吗？”

“不是。”我说。

他耐心地等我说下去。

“不是。”我又说，“是因为舒西丽娜。”

然后，我不得不做一番解释。

舒西丽娜搬进了街对面的死屋，卡丽的爷爷去世前一直住在那儿。在年轻的时候，卡丽的爷爷曾当过兵。为了勇敢地为天神效力，他装了个“塞里尼廷”植入体，所以等老了以后，他就再也不记得自己是谁了。他死后，舒西丽娜和丈夫搬了进去。舒西丽娜一头白发，改造了新潮的尖耳朵，想要个孩子。我当时只有二十岁，正考虑是否要和扎德结婚。他没有向我求婚，但我想他可能会开口的，却又不确定到时该如何作答。舒西丽娜比我还小一岁，但她却想要个孩子，这似乎是大人才会有的念头。她是从墓城外面来的，又有尖耳朵，大家都认为她对自己有点儿太奢侈了。

我们谈起扎德，她告诉我，婚后并不是全然和和美美的。她的话相当语焉不详，但现在看来，我应该知道那表象并不真实。当我爱着扎德的时候，我应该对他全心投入，但我也应该保持只属于自己的私密部分，为自己而活，而不是让婚姻吞噬掉我的全部。

现在我意识到，这个年轻的新娘那时正想弄明白谈恋爱和过日子之间的区别。我们当初的谈话如此平淡而幼稚，但在当时，这样讨论婚姻似乎显得相当老练，感觉是在谈论神圣的事情，而我正被引领着步入神秘的疆域。我把头发也染成了白色。

我妹妹很讨厌她，米钦则一直含情脉脉地盯着她，但他只有十三岁。法辛十七了，喜欢拿这事儿取笑米钦。不管面对什么事，法辛都能笑得出来。他从长长的睫毛下观察世界，长睫毛与他的尖下巴和捣蛋鬼的笑容形成了鲜明的对比。法辛以前比大家都矮，似乎还没米钦高，但就在那一年，他突然就窜得很高了。有些痴痴笑的女孩子来找过他，但他从来没把其中哪个认真当回事儿。

一切都发生在外面，而不是在家里。一夜又一夜，我们坐在那三座死屋中间的地板上，折着纸花。我们住的地方到处是香水味。那一年我二十岁，妹妹拉里特十九岁，但没人离开母亲的家，我们从来不觉得这有什么奇怪的。但其实很奇怪，我们被困在那儿的方式很奇怪。

那么，是从什么时候开始，法辛不再把舒西丽娜当作傻瓜，而是看作另一个人类个体的呢？我没有猜测过。痴痴笑着的姑娘们仍然从房前走过，而法辛仍然咧嘴笑着，并不怎么在意。他俩很小心，见面都是在下午，趁着她丈夫正在墓城的另一头建造新的死屋，而我们几个都在睡觉。我觉得法辛之所以这么干，是因为他始终是个胆大妄为的小鬼，比如在死屋的屋顶上跑，或者从母亲的钱罐里拿钱，这样他就可以溜出去坐地铁了。他在城里迷了路，绕了好几个小时，最后还是冒着被当作逃票者抓个正着的危险，偷偷溜回到地铁里。

不对，那不是真的。事实肯定是他爱上了她。我从未爱过扎德，也许我从未爱过任何人。我怎么能理解呢？我无法忍受离开家人和扎德结婚的念头，可法辛怎么就能为了舒西丽娜，将家人弃之不顾呢？他肯定是中了什么法术，这才没觉得她是个爱慕虚荣的傻姑娘——没错，说她是虚荣的傻姑娘是有些陈词滥调，但事实就是如此。她已经结了婚，日子过得不再那么激动人心了，也不像她丈夫追求她时那么有趣了。法辛让她觉得自己很重要，看看他为她承担的风险吧。为了她！

可法辛又是怎么回事？法辛瞧不起浪漫的爱情和多愁善感。

她丈夫起了疑心，设下埋伏，把他俩逮了个正着。邻居们拥上街头，看见我的弟弟赤裸着上身，护着舒西丽娜，她的头发全散着，披在肩头。法辛手里拿了把剃刀，挡开她哇哇大叫的丈夫。他棕色的肩膀和胸膛稚气未脱，散发着热气。我们站在街上，汗流浃背。而法辛还在笑，严肃得要命，却还是在笑。他看起来如此生机勃勃。是为了迸发的激情吗？法辛就是这样受到的诱惑吗？他是我的弟弟，从生下来我们就认识了，可我半点儿也不了解他。

我这才意识到墓城是个陌生的地方，在大家那一张张人皮面具底下，我其实谁也不认识。

他们带走了我弟弟和舒西丽娜。她被判了通奸罪，被丈夫休了，他们俩受了鞭刑，然后在监狱关了七年。我没有等扎德向我求婚——并不是说他那时还会愿意这么做。我让头发恢复了黑色，成了个孝顺的女儿。二十一岁那年，我接受了诫使，将责任和感情铭刻给任何肯花钱支付费用的人。

阿赫米姆并不明白。他必须得走了。等他走后，我哭了起来。

过了二十八天，我终于从房间里被放出来，脸色苍白，浑身颤抖，就像从坟墓里钻出来的游魂，出来面对这世界和自己的责任。我不知道女主人对马尔丁说了些什么，但我不得不听马尔丁含糊其词地对我说教一通。我敢肯定，马尔丁自以为这算是一番慈父般的训诫。法蒂娜一看见我就避开目光，跟厨师一起工作的那个女孩则瞅着地板。我像鬼魂般在女性居室内走动。只有女主人正眼看我，我碰巧经过她面前时，她就死死盯着我，表情十分严厉。只要听到她的动静，但凡办得到，我就会立马躲开。

星期五下午，她又玩泰尔牌去了，我把清洁机领到她的房间。我已经跟法蒂娜确认过了，她不在，但我无法说服自己相信她已经离开了。万一是女主人没告诉她呢，万一是法蒂娜忘了呢？我蹑手蹑脚地摸进去，站着倾听周围的动静。屋里放的不是《碧思梅客》，而是平时的投影，就是日常那些杂七杂八的玩意儿——丝绸、配上银色蕾丝框的易碎的桌子、古董灯、涡纹花呢围巾和钴蓝色陶器。清洁机不肯进去。我停住脚步，倾听着，四周寂静无声，唯闻微风拂过窗帘。我小心地在居室间穿行，浑身颤抖。床还没铺，蓝色和银色的锦缎一片凌乱。这很不寻常，法蒂娜平时都会铺好床。我想了想要不要动手去铺，最后决定最好还是别插手，就干自己平时干的活儿得了，否则女主人又该收拾我了。最好只求稳妥。我捡起地上的衣服，蹑手蹑脚地走回来，关掉了投影。清洁机开始运转起来。

如果她提前回来，我该怎么办？我站在投影开关旁，不愿离开，就算只是把衣服带到洗衣房去也不想。如果她回来了，我一听到她的声音，就马上啪的一下打开投影。清洁机会停下来，我就带着它离开。这是我能想到的最好的办法。

清洁机在周围吸来吸去，除掉窗台和桌面的灰尘，清洁着地板。它的动作慢得不行。我总觉得好像听到了她的声音，然后就揿动了投影开关。清洁机停下来，我倾听着，但什么也没听到，于是我再把投影关掉，清洁机又开始干活。终于，房间都收拾好了，我和清洁机落荒而逃。我在床单柜里的床单上洒了很多香水，她喜欢这样。我还在灯环上多抹了些油，空气清新剂里也添加了额外的香料。这全是浪费，要花那么多钱，但她就喜欢这样。

我头疼得厉害。我回到自己的房间，想睡一会儿，好让头不再痛。刚睡着，法蒂娜就砰的一声撞开了我的门，此刻我蓬头垢面，只觉头晕眼花。

“女主人叫你。”她怒视着我，厉声说。

我不能去。

可我不能不去。我跟着她，头发也没梳，凉鞋也没穿。

女主人坐在卧室里，仍旧身着橙黄色盛装，戴着面纱。我猜她才刚刚回来。“迪雅特，”她说，“你打扫我的房间了吗？”

我弄乱什么了吗？我哪儿也没动啊，就只是捡起了要洗的衣服，开动了清洁机。难道什么东西丢了？“是，女主人。”我说。噢，我的心怦怦直跳。

“看看这屋子。”她嘶声道。

我四下看着，不知道该找什么。

“看看床上！”

床看上去和我来的时候一模一样，毯子和床单一片凌乱，闪动着蓝色和银色的光泽，在凉爽的空气中散发出她香水的香气。

“过来，”女主人下令，“跪下。”我跪下来，免得比她高。她瞅了我一会儿，盛怒之下，像是气得连话也说不出来了。然后我看到了她的手，但我什么办法也没有。她伸出手来扇我。我向侧面倒去，大半是由于受了惊。“你是不是笨到连铺床都不知道？”

“每次都是法蒂娜给您铺床的。”我说。我本来该铺的，我该铺的。天神啊，我真是个白痴。

“这么说，但凡有一回法蒂娜没把你分内的活儿干了，你就懒得自己干了？”

“女主人，”我说，“我是害怕——”

“你是该害怕!”她嚷嚷着，扇完左脸又扇右脸，对我大吼，脸凑到我面前，没完没了。我没听进去，只听到声音。法蒂娜陪我走到门口。我昂着头，想要维持一丝尊严。“迪雅特。”法蒂娜悄声说。

“什么?”我问，心想也许她已经意识到那是女主人的问题，不是我的错。

她却只是摇了摇头，“尽量别惹她生气，仅此而已。就别惹她生气了。”她一脸的恳求，希望我能明白。

明白什么?明白她也是受到诚使的?正如阿赫米姆说的那样，我们无力改变自己。

但我知道现在会怎样。女主人讨厌我，而我对此无能为力。唯一的脱身之道，就是请马尔丁把我转手卖掉，但那样一来，我便得离开阿赫米姆了。可他是哈尼，甚至不能在没有人提供信用的情况下搭乘地铁。如果我离开，就再也见不到他了。

房间里充斥着低低的响动。窗户开着，微风吹得纸花沙沙作响。梳妆台上，椅子上，到处都是花。阿赫米姆和我坐在昏暗的房间里，唯有街灯的光亮照进屋内。他坐在那儿，一条腿压在身下，就像某种动物，或许是黑豹，懒洋洋的。

“等我老了，你还年轻。”我说。

“不。”他说道，这就完了，就说了一个字。

“你会老吗？”

“如果我们能活到自然的寿命周期的话，大约六十到六十五岁吧。”

“你会长皱纹吗？会有白发吗？”

“会长一些。我们的关节会变差，会肿胀，就像得了关节炎。各方面都会变差。”他今晚安静得不行，明明平时都开开心心的。

“你可真有耐心。”我说。

他做了个手势：“这并不重要。”

“对你来说，保持耐心难不难？”

“有时候很难。”他说，“我会觉得沮丧、生气、害怕。但我们生来就得有耐心。”

“出什么事了吗？”我问，声音像个小女孩，带着喘息。

“我在想，你应该离开这里。”

女主人总是在故意找碴儿。我不管怎么做都是错。她拽我的头发，把我关在房间里。“我不能走。”我说，“我接受了诫使。”

他在暮色里纹丝不动。

“阿赫米姆，”我突然狠下心来说，“你想要我走吗？”

“哈尼不该‘想要’。”他答得干脆。我从没听他亲口说过“哈尼”这个词，此刻听着并不舒服。他这样的声音让我不由得站起身来。我心里满是紧张，带着一股漫无目标的力量。他若已经绝望，那我还剩下些什么呢？我悉数抚过每一件家具，抱了满怀的花朵——易碎的花儿，冰凉的花儿——丢到他腿上。“怎么？”他问。我又抱起一些花，扔到他肩头。他仰起脸来，看着我，街灯的光芒照亮了他一脸诧异的容颜。我把椅子上的花捧起来，堆到他身上。床上到处是花，葬礼用的花。他举起手来，花朵从袖中倾泻而下，他握住我的手臂，让我停下来，一面说道：“迪雅特，怎么了？”我身子前倾，阖上了双眼。

我等待着，听见微风轻柔地拂过百合，拂过罂粟，拂过床上的玫瑰。我等待着。仿佛等了一辈子，直到他终于吻了我。

他顶多也只会亲吻我罢了。躺在被压碎的花海中，他会抚摸我的脸、我的头发。他会吻我，但仅此而已。“你必须离开。”他不顾一切地说，“你得告诉马尔丁，叫他把你卖掉。”

我不会走的。我无处可去。

“你爱我是因为你必须爱我吗？是因为你是哈尼，而我是人，你必须为我服务吗？”我问。

他摇了摇头。

“你爱我是因为我们本身吗？”我追问。所有答案尽在不言中。

“迪雅特。”他叫了我的名字。

“你爱女主人吗？”

“不爱。”他答道。

“你应该爱女主人的，不是吗？可你爱的是我。”

“回家吧，去墓城。逃走吧。”他催促道，吻着我的喉咙，细碎的轻吻，就好像他对我的喉咙已经想念了很久。

“逃走？从马尔丁身边逃走？我下半辈子该干吗呢？折纸花？”

“那有什么不对呢？”

“你愿意和我一起逃走吗？”我问。

他叹了口气，用手肘支起身子，“你不该爱上我的。”

这太可笑了。“现在真是告诉我这个回答的好时机。”

“不，”他说，“是真的。”他掰着线条优美的手指数了起来，“第一，我是哈尼，不是人，我属于别人。第二，你所有的问题都是我造成的，要是我不在，你就什么麻烦也不会有。第三，之所以说人爱上哈尼是不对的，是因为人哈恋属于人类行为的不良范式，会导致难以处理人际关系——”

“我没有人际关系。”我插嘴道。

“你会有的，你还年轻。”

我嘲笑他：“阿赫米姆，你可比我还小呢。你这只是系统预设的智慧。”

“但仍然是智慧，不假吧？”他严肃地说。

“那你为什么吻我？”我问。

他叹了口气。这一声叹息完全像是人类发出的，充满了挫败感，“因为你太伤心了。”

“我现在不伤心，”我说，“我很高兴，因为你在这里。”我也很紧张、很害怕，因为这一切都太奇怪了。即使我不断告诉自己，他与人如此相似，但我还是害怕，万一在人类的外表之下，他确实是个异类，比我的兄弟更无从了解呢。但我想让他跟我在一起，而且我很开心。很害怕，却又很开心。

他是我的恋人。“我希望你做我的恋人。”我说。

“不。”他坐起来，即便蓬头垢面，也依然俊美。我想象得出自己看起来是副什么模样。也许他根本就不喜欢我，也许他这样做是迫不得已，因为我希望如此。他用手指梳过头发，耳环在街灯的光芒下闪闪发亮。

“哈尼会爱上谁吗？”我问。

“我得走了。”他说，“我们把你的花儿压坏了。”他捡起一朵百合，长长的花瓣已经扭曲变形，他想把它掰直。

“我可以再折。你这么做是被迫的吗？是因为我想让你这么做吗？”

“不是。”他轻声呢喃，然后像背书一样更清晰地说，“哈尼没有感情，没有人类所谓的那种感情。我们忠诚、灵活、深情。”

“这听起来倒像只聪明的狗。”我有点恼火。

“是啊。”他说，“这就是我，一只聪明的狗，一只非常聪明的狗。晚安，迪雅特。”

他打开门，微风徐徐吹来，花儿沙沙作响，有一些从床上跌落在地，仿佛要跟在他身后。

“女儿啊，”马尔丁说，“我没把握这对你来说是不是最好的办法。”他慈祥地看着我。我希望马尔丁不会真认为对我有父亲般的责任。

“马尔丁－萨拉，”我说，“我不明白，是我的工作达不到要求吗？”我的工作当然达不到要求，女主人恨得我牙痒痒。但我担心，兴许他们不知怎么发现了阿赫米姆和我之间的事——尽管我知道这不太可能。阿赫米姆又在躲着我了。

“不，不。”马尔丁轻快地挥了挥手，“你的账目规规矩矩的，你是个节俭的好姑娘。这不是你的错。”

“我……我知道自己一直笨手笨脚的，兴许不是每次都能明白女主人希望我怎么做，但是，马尔丁－萨拉，我一直在进步！”我的意思是，我越来越能对她视而不见了。我不想让他觉得我说的话不合适。坐在这里，我意识到了自己给他带来的麻烦。他巴不得只用最得过且过的方式来应付家里的事。我接受了这个人的诚使，他的感受对我很重要。我的服务遭到拒绝是很难受的。这份工作一直还不错，我能省下一些钱，这样等我老了以后，就用不着像母亲那样被迫艰难度日，等再也干不动的时候，盼着孩子们养活自己。马尔丁很不自在。我身上没接受诚使的部分看得出来，这不是马尔丁喜欢的那种责任。这不是他心目中的自我形象，他喜欢做个仁慈的家长。“女儿，”

他说，“你的工作算得上是模范了，但是我的妻子呢……”他唏嘘道，“有时候会心血来潮。孩子啊，这样对你我都更好。我会在别人家给你找个不错的岗位。”

至少他一句也没提阿赫米姆的事。我埋下头，因为怕会哭出来。我盯着自己的脚趾细看，尽量不去想阿赫米姆。我又是孑然一身了。噢，天神啊，我对孤独已经厌倦透顶。我这辈子都要形单影只了，接受诫使的女人不会结婚。我忍不住哭了起来。马尔丁把这当成了忠心的表现，轻轻地拍着我的肩膀，“好了，好了，孩子，不会有事的。”

我不想让马尔丁安慰自己。我身上作为旁观者的部分，那并没有接受诫使的部分，其实根本就不喜欢马尔丁——但同时，我又想讨他开心，所以我勇敢地吸了吸鼻子，试着挤出一个微笑。“我……我明白您知道怎样安排最好。”我真的挤出了笑容，但是我的悲痛让他很不安。他说等安排好了，就告诉我。

我想找阿赫米姆，想把这件事告诉他，但他住在家里男性住处那边，离我们就餐的中央位置有点远，离女性住处就更远了。

我开始明白了。他并不爱我，只不过他是哈尼，是我……主动勾引了他。可能我比舒西丽娜也好不到哪儿去，那个白头发、尖耳朵的女人。于是我埋头干活，除此以外，还能干什么呢？而且，我一直躲着女主人。很明显，马尔丁已经告诉她自己正在想办法把我弄走，所以她没再朝我动手。法蒂娜甚至还对我微笑，虽然依旧很疏离。我很乐意再和法蒂娜交朋友，但她不给我机会。如此看来，我再也见不到他了。即便他离我还没那么远，我也永远见不到他了。

我束手无策——阿赫米姆躲着我。我隔着庭院或餐厅向男性住处所在的另一头眺望，却几乎见不到他。偶尔他也在，长长的卷发，瞪羚般乌溜溜的眼睛，但从不看我。

我收拾了自己的东西。我的新女主人来了。她是位灰白头发的高个子女人，眼睛略微有点凸起。她说话时夹杂着喘息声，老是耷拉着肩膀，仿佛巴不得自己是个娇小玲珑的女子。我要把一生都奉献给她吗？这太恐怖了。

在马尔丁的办公室里，我心烦意乱，不顾一切地想要离开，一想到要和新女主人待在一间屋里，我就害怕得不行。我尽量不去想阿赫米姆。但要离开马尔丁的想法才是最让我难过的。新来的女孩会不会理解他假装节俭，其实却并非如此的心理呢？这都怪我，我几乎羞愧难当。我之所以得离开，只是因为自己犯了傻。我辜负了马尔丁，他只希望家宅安宁而已。

我不会哭的。这些都是铭刻在我心里的情感。很快我就又会对这个陌生的女人产生同样的感情了。天神啊，我可真是倒霉，居然摊上了这么个女主人。她身上穿的是古铜色和白色的衣服——我刚来的那时候，古铜色衣服风靡一时，原来的女主人也经常穿，可是现在已经过去好些年了，这些只算得上二流的衣裳。而且这些款式应该年轻姑娘穿，根本不适合我现在的女主人。她很紧张，想让我喜欢她，我却只想拜倒在马尔丁脚下，让他尴尬得只好同意让我留下来。

此时，马尔丁说道："迪雅特，她已经付过钱了。"他给我看了信用交易记录，我发现比我来马尔丁家时的收费要低，"我命令你，接受这个女人做你的新女主人。"

就是这话，这句话就是触发器。我觉得有点儿晕头转向。我从来没有真正注意过，马尔丁下巴底下的皮肤这么软趴趴、松垮垮的。他实际上平平无奇。我不知道女主人嫁给他是个什么滋味。她身段高挑，生气勃勃，虽然有些笨重，但在年轻时是个美人。她肯定觉得很失望，难怪成了怨妇。

我的新女主人试探地一笑。嗯，她可能不如我先前的女主人那么时髦，但看上去很和善。我希望如此，我想生活在一个和善的家庭。我也对她报以微笑。

就这样，我被重新铭刻了。

我的新家比原先那个小得多。女主人的上一任管家显然很不称职。我忙了好几天，只为把各种物件安排妥当。我必须厉行节俭，这家人的囊中要羞涩得多。真是让人吃惊，我竟然已经对马尔丁家里宽裕的家境习以为常了。这里其实更像我长大的地方。

我清点了家里的床单，打扫了上上下下所有的房间。起初我很紧张，但新女主人跟原先那个半点儿也不像。她看着我干活儿，似乎大为震惊。当她走进自己的房间时，如果我还让清洁机开着，她也不会生气。我学着在她身边时别干得太多，她对干活儿的动静异常敏感。她什么也不会说，但会开始比画些或尴尬或必要的滑稽手势，要么就建议我给自己弄点儿茶喝。她的丈夫是个老头儿。他冲我笑，跟我讲些半点儿也不好笑的笑话，或是俏皮的双关语。为了表现得有礼貌，我不得不笑。我希望能躲开他，因为他让我无聊得简直想哭。他们有个特别讨厌的女儿，老是闯祸。她挥霍无度，常常不经询问就拿走了母亲的信用芯片——他们不得不设置程序来监管日常采购，而且正在想办法关闭女儿使用他俩信用的权限。

这女孩对我倒是客客气气的，但她的礼貌全是装出来的。她跟母亲争论为何要花钱给她弄个受诫使的用人，而不是送她去上学。其实这女孩在学校的成绩一塌糊涂，女主人说自己不会再浪费钱了。

阿赫米姆。我总是想着他。

得到了女主人的批准，我大着胆子把家具重新布置了一番。我把她家现成的东西拿来派上了用场——虽然都不怎么样。我重新对家庭AI进行了编程。它的用途非常有限，支持不了《碧思梅客》这样复杂的游戏，但处理投影当然还是没问题的。我还记得原先的女主人曾经喜欢的东西，于是摆设了钻蓝花瓶和银框相片。大理石地板铺在这些房间会显得太过奢华而不相称，因此我挑选了漂亮的地砖。

星期二全天和星期日半天我都放假。星期二的时候，女主人向我道歉。他们手头有些紧，要到星期日才能预支我的休假津贴，她问我是否介意。

唔，其实有点儿，但我说不介意。我花了一下午的时间折纸花。

折花的时候，我想到了阿赫米姆和我躺在床上，四周围绕着压碎了的康乃馨和鸢尾。想念阿赫米姆并不好，我敢肯定，他才不想念我呢。他是哈尼，永远都是从属于他人之物，他的主人可以心血来潮地随意支使他。当初制造他的时候，如果赋予他持久的忠诚，他的生活会非常可怕。毫无疑问，当技术人员构建他的基因时，必定会确保阿赫米姆对感情能够转头就忘。他跟我说过，哈尼不会爱。但他也跟我说过，他懂得爱。他还告诉过我，他不爱原先那位女主人，但也许他这么说只是因为不得已，是因为我不喜欢原先那位女主人，而他的责任就是让人类开心。

我把花插进花瓶里。女主人很高兴，她觉得这些花很漂亮。

百合有着长长的穗状的雄蕊，垂舌般修长的花瓣。有时我的内心会充斥默默无言的感情，我看着这些纸花，想把它们撕个粉碎。

星期日，女主人给我发了休假津贴。马尔丁以前会稍微给我多发一些，但是我意识到，在这个新家可别抱那种奢望。我到墓城城边的白鹰寺站下车，去听礼拜仪式。

然后我搭乘地铁，去了马尔丁家所在的那条街。我并没有特意想着要去那条街上走走，但我当然还是去了。我站在屋外，搜寻着阿赫米姆的踪迹。我不敢站得太久，不想让任何人看到我。要不然，我该怎么跟他们说呢？我想家了？我可是受了诫使的。

搭地铁的时候，我喜欢找点儿事干，免得一路上无聊。我带了一口袋纸来折纸花。我觉得自己可以靠做花圈来挣外快。挣来的不用交给女主人，那样做是违法的。这是真的，是为了保护受诫使的一方。

在墓城，我们住在死屋，四周死亡环伺。所以，可能我有点儿病态也并不奇怪，可能正因为如此，我才会从包里抽出一朵花，放在男人们住的那边屋子的窗台上。毕竟，有什么东西确实死了——尽管我也说不清楚死去的究竟是什么。我不知道阿赫米姆的窗户是哪一扇，但没关系，这只是一种表达而已。这只会让我觉得自己很傻。

星期一，我早早醒来，饮了热薄荷茶。我扛着好几桶水，去擦洗石头庭院。我把所有需要修理的东西列了个清单，还把女主人的打印件拿来捆扎好。这些是她攒下来的，她订了好几种服务项目，觉得兴许会有用。对于积攒打印件的人，我原先那位女主人的说法可多了。新女主人出门采购时，我把她放在储藏室里的每件东西都打扫了一遍。她有些衣服早该扔掉了，十五年前的款式早就过时得不能再过时了。(我回想起之前把头发染白的时候，还有后来用面纱把头发裹起来的时候，刺绣的花边会一直拖到膝盖后面。我看上去傻透了，做作得不行。现在的年轻女孩都穿些什么呢？我怎么变得这么老了？我可还没满三十呢。)

我把该修补的东西都整理出来，但现在还不想坐着休息。我启动了清洁机，这台笨手笨脚的老机器比马尔丁家的还不好使。我逼着自己成天忙忙碌碌，有如一阵旋风。这家里的活计不够我干的，就算我把清洁机都给打扫了，也还是不够，所以有些房间我收拾了两回。

不过，到了该睡觉的时候，我还是睡不着。我坐在房间里，用康乃馨和半开的小玫瑰制作葬礼用的花圈，白玫瑰像绸缎一般闪闪发亮。

我在休假日疲惫地醒来，全身僵硬。镜子里的我看起来很吓人，头发乱作一团，眼睛肿肿的。我心想，还好哈尼从没见过我这副样子。但我不会再想阿赫米姆了。我生命中的那一段时光已经结束，我还为此在死屋放上了一朵花。今天，我要带着自己做的葬礼花圈四处寻摸一下，看看能不能找到哪家商店肯买下来。我做得挺不错的，肯定会有人感兴趣。这只是点儿零花钱，为我的女主人减轻一些身上的压力，如果我自己能赚到外快，用不着她来给我零花钱，她就不会有什么压力。

我搭乘地铁来到墓城，一路小心翼翼地护着花圈，免得被别的通勤者给挤坏了。我一整天都在墓城兜兜转转，跟摊贩们攀谈，有时停下来喝口茶。等卖掉花圈以后，我又闲坐了会儿，看着周围的人们，让疲惫的头脑放空一下。

我心里平静下来，现在可以回到女主人那儿去了。

《第二古兰经》教导我们，我们内心的阴暗十分邪恶，它等着我们放松下来，等待最脆弱的时刻来临，然后乘虚而入。我要做个尽职尽责的人。我想做自己该做的事。但是，回到地铁里的时候，我想起了自己要去的是个怎样的地方，那间小小的房子，属于我的空荡荡的房间。我今晚又该做什么呢？继续折纸花，继续做花圈？我厌烦了纸花，厌烦了花圈，厌烦了墓城。

我可以搭地铁回女主人家，或者，也可以去马尔丁家所在的那条街。不过我累了，决定还是回自己那个小房间里放松一下。哦，天神哪，我真是害怕空虚的夜晚。也许我该到那条街上去，好打发时间。放眼望去，我下半辈子全是空虚的日子。今晚，明天，下一周，下个月，年复一年，年年如此。我一辈子也不会结婚，会变成一个干瘪的女人——晚上折纸，白天打扫别人家的房子，休假日下午就出去买买东西，在茶馆里歇歇脚，因为走得脚疼。这就是生活，不是吗？努力用各种活动填满我们的时间，目的是免得我们发现，原来生活根本就没有意义可言。我坐在一张小桌旁，桌面只有上菜用的托盘那么大，看着男孩们骑着小摩托车嗡嗡开过，女孩坐在他们身后，一只手揽着他们的腰，另一只手拈着面纱。面纱末端在她们身后飘荡，闪烁着金光（这是今年的时尚）。

于是我下了地铁，走到马尔丁家所在的那条街上。我沿街而行，经过那所房子，驻足观看。墙壁是用浅黄色石头砌成的。我穿着玫瑰和天蓝的衣裳，但出门时手腕上没有系丝带。

“迪雅特，”阿赫米姆靠在窗台上说，“你还是那么伤心。”

他看起来如此熟悉，而且这一切发生得非常自然，就好像我们每天晚上都会这样。“我的生活就是让人伤心。”我说道，声音没有起伏，但心里却小鹿乱撞。能够看到他！能跟他说话！

“我发现了你的信物。”他说道。

“我的信物？”我没明白。

“那朵花。我想着今天你应该休假，所以在这儿望了一整天。我还以为你来过了，而我错过了你呢。”他说完，消失了片刻，接着又坐回窗台上，腿脚伸到窗外，轻轻跳到地上。

我带他去了茶馆。人们看着我们，好奇一个年轻女子私下里跟年轻男子跑来做什么。让他们看好了。“你想要什么就点，”我说，“我带了些钱。”

“你开心些了吗？”他问道，“你看上去并没有更开心，倒是挺累。”

他看上去完美无瑕，一如既往。我会爱上他，难道就因为他不是人类？可我不在乎，我感觉到了心中的爱意，无论那是出于什么理由。产生感情的理由重要吗？我对女主人的感觉可能只是因为我被铭刻了，但这种感觉却是真实不虚的。

“新女主人很好心。”我看着桌子说。他无瑕的手放在桌上，指甲优美，手指修长。

“你开心吗？”他又问了一遍。

“你呢？”我反问。

他耸了耸肩，“哈尼没资格开心或者不开心。”

“我也一样。”我说。

“这是你自己的错。你为什么要这么做？”他问道，“你为什么要选择接受诫使的人生？你本来是自由的。”他的声音里满是苦涩。

“墓城里工作不好找，我也没想过结婚。”

他摇了摇头，“总会有人娶你的。就算没有，一辈子不结婚有那么可怕吗？”

“受诫使有那么可怕吗？”我问。

“有。”

他就说了这么一个字。我猜，在他看来，我将一切弃之不顾了。但他怎么能理解我是如何变得别无选择了呢？他甚至都不理解自由的概念，也不明白自由究竟是种怎样的幻觉。

"逃跑吧。"他说。

从女主人身边逃走吗？我吓坏了，"她需要我，她自己打理不了那所房子，而且她买我的时候花了一大笔钱，为此做了不少牺牲。"

"你可以住在墓城里，做葬礼上用的花圈。"他劝说道，"你想跟谁说话就可以跟谁说，没人会支使着你团团转。"

"我不想住在墓城里。"我说。

"为什么不想？"

"我在那儿什么也没有！"

"你在那儿有朋友。"

"如果我逃跑了，就没有朋友了。"

"那就交新朋友呗。"他说。

"你愿意去吗？"我问。

他摇了摇头，"我又不是人，我活不下去。"

"要是有办法谋生，你会逃跑吗？"

"会，"他说，"会。"他不服气地挺起肩膀，看着我，"我要是人类，我就会。"他这是在羞辱我呢。

我们的茶来了。我满脸烧得通红，不知该说什么，不知该怎么想。他自以为道德上更胜一筹，自以为知道我丢弃的东西真正价值几何。但他根本不懂，一点儿也不懂。

"哦，迪雅特。"他轻轻地低声说，"对不起，我不该跟你说这些的。"

“我没想到你会有这样的感觉。”我悄声说。

他又耸了耸肩，“我什么感觉都可以有，哈尼又没有受诫使。”

“可你让我把你当成狗，”我提醒道，“忠心的狗。”

“我是很忠心，”他说，“你又没问我是对谁忠心。”

“你应该对女主人忠心。”

他用手指敲击着桌子，嗒嗒嗒嗒，嗒嗒嗒嗒。“哈尼可不像鹅。”他说这句时，没有看我。他的耳环是金色的，看起来华丽又精致。到了新家以后，我还没意识到自己对精致的东西变得有多么渴望。“我们可不会第一眼见到谁，就认谁为主。”然后他摇了摇头，“我真不该说这些废话的。你必须逃跑，而我必须在他们发现我不见了之前赶回去。”

“我们得再聊会儿。”我说。

“我们得走了。”他很坚决，然后对我微微一笑，所有不快的神色都从他脸上消散了。此时，他看起来不再像人类，而是一个颇为讨喜的哈尼。我打了个寒战。他看起来陌生至极，我对他的了解并不比对原先那位女主人的了解更深。我们站起身来，我付钱的时候，他看向别处。

到了马尔丁家门外，我对他说：“我下星期二会再来。”

我以前干了那么多活儿，真是太好了，因为这些天来，我都如游魂般浑浑噩噩。我把清洁机落在了门口，女主人差点儿被它绊倒。我忘了把衣服整理妥当。不知道该想些什么。

我听见女主人对她的邻居说:“她是上天的恩赐，就是太情绪化了。头一天她还什么都干，第二天就连要把桌子摆好都不记得了。”

她有什么权利这样说我？我来的时候，她家里跟个猪圈似的。

我想什么呢？居然在怪我的女主人，这是哪里出了问题？我是不是脑袋进水了？我觉得很不舒服，眼中盈满泪水，脑子里也塞得满满当当的。我喘不过气来，感觉身子都不灵活了。我必须恪尽职守。刚刚受诫使的那阵子，我偶尔也会有这种感觉，这是适应过程中的一个阶段。肯定是因为发生了变化，我又得重新适应一阵。

我找到女主人，跟她说我不舒服，然后就去躺下了。

第二天下午，就在晚饭前，这种感觉又来了。之后的一天还可以，但到了第三天上午十点的时候，就又开始了。这一天是星期日，我下午休假。我硬逼着自己干了一上午。我声音嘶哑，头也很疼。我想把一切都安排好，因为下午我没法准备晚餐。白奶酪、橄榄和番茄放在一个盘子里。胃里一阵翻江倒海，我只好跑到洗手间去了。

我怎么了？

下午，我去了白鹰寺，一路拖着沉甸甸的包，里面装满了纸。我坐在尘土飞扬的阴凉处，抚着可怜的脑袋瓜。我觉得自已应该祈祷，应该寻求帮助和指导。这座寺庙太过陈旧，石头都被磨得坑坑洼洼了，即便隔着拖鞋，我也能感觉到大理石上轻微的凹凸。在主祈祷厅周围，道道游廊隐于阿拉伯风格的蔓叶花饰图案中，卡丽和我小时候常坐在那里。游廊上方，闪耀的阳光透过天窗照进来，落到大理石地板上，反射出炫目的强光，刺痛我的眼睛，害得我头疼。我把前额抵在胳膊上，在椅子上侧着身子，好靠着椅背。我闭上眼睛，闻到了熏香和自己身上的香水味跟汗味。

现场有人进行祈祷仪式，却没人来打扰我。这简直太棒了吧！

也可能只是因为谁都能看出我是个道德败坏的人。

我厌倦了自己这场闹剧。我一直觉得人们在看我，有人打算跟我说点儿什么。我不知该何去何从。

我甚至连装都没装一下，就是不想回自己的房间。我搭乘地铁，去了马尔丁家。我沿着地铁的梯子往上爬——这些梯子都比较新，却跟白鹰寺的地板一样被磨得凹凸不平，在这座拥挤城市的重压之下，中间部分耷拉着。越过大海去北方会是什么情形？去半岛，艾达，还是从那里再往北，进入大陆？我曾经想去旅行，去一个人们长着黄头发的地方，去看整座的森林，远渡重洋，学些别的语言。我跟卡丽说过，我甚至还想尝尝狗肉或猪肉的滋味，不过她觉得我是在过嘴瘾，可这是真的，曾经我真的愿意尝试点儿新的事情。

我很兴奋，浑身充满了活力和目标。我什么都能干得出来。我现在可以理解法辛了，站在街上，拿着剃刀，放声大笑。值了，无论付出什么代价都值了，因为这给人一种活着的感觉。我一直受诫使束缚，沉睡了太久。

马尔丁家的街上有人。今天是星期日，有客人来访。我站在街对面，正对着他家。要是有人来开门，我该怎么说呢？说我在等着见一个朋友？若是他们不走呢？若是阿赫米姆看到他们就不出来了呢？怎么办？太阳炙烤着我的头发，我的脑袋。阿赫米姆，你在哪里？往窗外看看啊！他很可能正在侍奉女主人，也许正在办一场《碧思梅客》派对，或许那些女人正在朝阿赫米姆下毒。她们完全可以为所欲为，因为他属于她们。我想在街边蹲下来，用双手蒙住脑袋，像个来自墓城的寡妇一样，摇晃、哭泣。母亲在父亲去世时必定就是那样的表现。我从小就没了父亲，或许这就是为什么我会这么野吧；或许这就是为什么法辛进了监狱，而我也一只脚踏进去了吧。我拉起面纱，将脸隐在阴影里，以免有人看到我的眼泪。

噢，我的头啊。我醉了吗？我疯了吗？天神是否知晓了我的所思所想，于是令我癫狂？

我看着自己棕色的双手，蒙起脸来。

“迪雅特？”他抱住我的肩膀。

我抬头看着他，看着他那熟悉的俊美面孔，吓得魂不附体。他是什么？我要把生命和未来托付给什么？

“怎么了?”他问，“你生病了吗?”

“我快疯了，”我说，“我受不了了，阿赫米姆，我回不去我的房间了——”

“嘘，”他一边说，一边来回打量着街上，“你必须得回去。我只是个哈尼，什么也做不了，我帮不了你。”

“我们必须离开，得逃到什么地方去，就咱们俩。”

他摇摇头：“迪雅特，求你了，小点儿声吧。”

“你说过的，你想要自由。”我头痛难忍，即便不是真的在哭，眼泪还是不停地流。

“我没法自由，”他回应道，“那只是说说而已。”

“我现在必须走。”我说，“我接受了诫使，阿赫米姆，这很难，如果我现在不走，就永远别想走了。”

“你的女主人——”

“别跟我提她!”我大喊道。如果提起她的事，我可能就走不成了。

他再次环顾四周。我们很容易引起注意，一男一女，就这样站在大街上。

“跟我来吧，我们找个地方聊一聊。”我极尽殷勤，他拒绝不了，我看得出来。他必须离开这条街，去哪儿都行，哪儿都比这儿安全。

他由着我带他进了地铁，爬下楼梯，来到站台。我紧紧攥住靛蓝色的面纱，蒙住了脸。我们一言不发地等车。他站在那儿，手插在兜里，看上去就像个墓城来的男孩，只穿衬衫，没罩外袍。他移开视线，重心从一只脚挪到另一只脚，有些局促不安，简直跟人一模一样。发生的这一连串事情让他变得更有人味儿了，消除了我心中残留的不确定。

“你体内有哪些类型的基因？”我问。

“什么？”他反问。

“有哪些类型的基因？”

“你问的是我的图谱吗？”他说。

我摇头：“人类的吗？”

他耸了耸肩，“大部分是吧，还有一些人工序列。”

“没有动物基因啊。”我说。这话听起来很不合理，因为我也说不清楚自己到底是个什么意思。头痛令我思维跳跃，舌头打结。

他露出一丝微笑，“没有狗的，也没有猴子的。”

他在逗我，我回以一笑。我开始有些明白，他哪些时候是在开玩笑了，“我有个会让你难以接受的消息要说，阿赫米姆。我觉得你纯粹是个人类。”

他的笑容不见了，摇头道：“迪雅特。”似乎就要像父亲一样说教了。

我做了个手势，阻止了他。我的头还在疼。

列车悄声进站，如一阵风拂过。唉，那些灯啊。我坐下来，挡住眼睛，他站在我面前。我能感觉到他正俯视着我。我抬头微笑，或是做了个鬼脸。他报以一笑，但仍然一脸忧心忡忡的样子。在白鹰寺站，我们下了车。真有意思——我们要去的是坟墓，为的却是活着。但我应该只待一段时间而已。无论如何，我总会找到办法离开的。我们会向北而去，越过大海，抵达大陆，在那里没人会认识我们。我带着他穿过街道，在一排死屋前停下，这里是一家客栈，不过有点儿像邻居拉钦家。我给了阿赫米姆一些钱，让他给我俩租个过夜的地方。“跟他们说，你妻子生病了。”我低声耳语。

“我没有信用。他们一验证我的身份，马上就知道了。”他说。

“这儿是墓城，”我说，“不用信用。去吧。在这儿，你就是个男人。”

他对我皱起眉头，但还是接过了钱。我用余光看着他讨价还价，朝我指了指。给钱就行了，我心想，尽管我们的钱只有这么点儿。我只想躺下，只想睡觉。终于，他走出来，拉着我的手，带我来到我们过夜的地方。小小一间房，粗糙的白墙，一床，一椅，一只水壶，两个杯子。“我给你拿了点儿头疼药，”他说，“是那人给我的。”他伤感地微笑着，“他还以为你怀孕了。”

我伸出手时，手在颤抖。他把白色药丸放在我手里，给我倒了杯水。“你留在这儿吧，”他说，“我要回去了。我不会告诉任何人你在哪儿。”

“那你原先就是在骗我啰？”我说着，并不想争辩。阿赫米姆，就待到明天吧，到那时候便木已成舟。“你说过，如果能自由，你是愿意的。你现在自由了。”

“但我能干吗呢？我活不下去。”他痛苦地说，“我找不到工作！”

“你可以卖我做的丧葬花圈。”

他一副犹豫不决的模样。思考自己要如何行动是一回事，但真的身临其境，要采取实际行动的时候，又是另一回事了。看着他的脸，我就知道，他真的是人，因为他面临的就是人的困境：是要安全，还是要自由。

“我们明天再聊。”我说，“我头还疼呢。”

“因为你受诫使了，”他说，“这太危险了。要是我们赚的钱不够怎么办？要是他们抓到我们怎么办？”

“这就是生活。”我说。我会进监狱，他会被送回女主人身边，受到惩罚，也许会被征为劳役。

“受这样的苦，值得吗？”他小声问。

我不知道，但我不能这么说。“受苦的时候觉得不值，”我说，“之后就觉得值了。”

“你可怜的脑袋。”他轻抚我的前额，他的手很清凉，很舒服。

“没关系，”我说，“出生本就很苦。”

# 原创小说征稿启事

长期有效

《银河边缘》编辑部

《银河边缘》系列丛书是由东西方科幻人联手打造的科幻文库，致力于展示国内外优秀的科幻小说。与此同时，我们每年将推选六篇中文原创作品翻译并发表在美国版《银河边缘》（*GALAXY'S EDGE*）杂志上。

**在此，我们向国内广大原创科幻作者约稿——**

我们以“惊奇、畅快”为原则，着力呈现中外科幻名家及新人作者的短篇、中篇佳作，展示更具野心的科幻作品，呼唤长篇时代的到来。

欢迎加入《银河边缘》QQ写作群 → **581159618**

| 投稿邮箱 | tougao@8light-minutes.com
sf-tougao@newstarpress.com

| 邮件格式 | 作品名称+作者名

| 字　　数 | 不限【1.2万字以内的短篇佳作将有优先翻译发表的机会】

| 稿　　费 | 150～200元/千字，优稿优酬

| 审稿周期 | 初审15个工作日回复（长篇除外）

| 审稿标准 |

- 想象力：这是科幻小说的核心与灵魂，也是审稿的首要标准。
- 代入感：作者通过剧情、人物等元素，使小说易读，令读者沉浸其中。
- 剧情逻辑：在人物动机、事件逻辑上没有明显漏洞，不会让读者“跳戏”。
- 辨识度：鼓励创作认真观察时代、真诚表达自我的中国科幻故事。

| 注意事项 |

- 务必保证投稿作品为本人原创，从未发表于任何平台。
- 切忌一稿多投。
- 小说请以附件的形式发送邮箱，注意排版，合理分段。
- 请在邮件末尾提供个人联系方式，如真名、QQ、手机等。
- 咨询电话：028-87306350

**图书在版编目（CIP）数据**

黑域密室 / 杨枫主编. --北京：新星出版社，2023.2

(银河边缘)

ISBN 978-7-5133-5125-6

Ⅰ.①黑… Ⅱ.①杨… Ⅲ.①幻想小说-小说集-世界-现代 Ⅳ.①I14

中国国家版本馆 CIP 数据核字(2023)第 015062 号

---

**银河边缘**
**黑域密室**

杨 枫 主编

**责任编辑**：施 然
**监 制**：黄 艳
**责任印制**：李珊珊
**装帧设计**：冷暖儿 张广学

---

**出版发行**：新星出版社
**出 版 人**：马汝军
**社 址**：北京市西城区车公庄大街丙3号楼 100044
**网 址**：www.newstarpress.com
**电 话**：010-88310888
**传 真**：010-65270449
**法律顾问**：北京市岳成律师事务所

---

**读者服务**：010-88310811 service@newstarpress.com
**邮购地址**：北京市西城区车公庄大街丙3号楼 100044

---

**印 刷**：北京美图印务有限公司
**开 本**：787mm × 1092mm 1/32
**印 张**：8.25
**字 数**：157千字
**版 次**：2023年2月第一版 2023年2月第一次印刷
**书 号**：ISBN 978-7-5133-5125-6
**定 价**：48.00元

---